MONSTER MASTER
怪物大師
邪惡暗影中的迷失者
雷歐幻像 作品
LEON IMAGE WORKS
U0108831
中華教育

怪物大師人物介紹

CHARACTERS INTRODUCTION

A STORY ABOUT LOVE AND DREAMS

布布路

關鍵詞：
單細胞動物、樂觀、熱血

從小與守墓人爺爺一起生活在墓地，因為父親的各種負面傳言，一直受到村裏人排擠，但布布路從不自卑，內心深處相信自己的父親是一位了不起的人物。為了實現自己的夢想以及尋找失蹤父親的消息，他毅然離開家鄉，前往摩爾本十字基地，參加怪物大師預備生的試煉。

賽琳娜

關鍵詞：
大姐頭、敏捷、愛財

出生商人世家的大小姐，卻一點都沒有大小姐的架子，與布布路一樣來自「影王村」，個性豪爽，有點驕傲，對待布布路一視同仁，從不排擠他，只因為她更在乎的是推廣家裏的生意。賽琳娜的目標是收集世界上所有類型的元素石，並熟練掌握這些元素石的運用。

帝奇·雷頓

關鍵詞：
豆丁、酷、毒舌

臉上總是掛着陰沉表情的瘦小男生。帝奇的存在感薄弱，不注意看的話就找不到人了，但是他身邊跟着一隻非常招搖拉風的怪物——成年版的「巴巴里金獅」。對於是非的判斷他有自己的準則，不太相信別人，性格很「獨」。

餃子

關鍵詞：
狐狸面具、神祕、圓滑

在去往摩爾本十字基地的路上，勾搭認識上布布路，戴着狐狸面具，看不出喜怒哀樂，從聲音來聽，似乎總是笑嘻嘻的，高調宣揚自己身無分文，賴着布布路騙吃騙喝，在招生會期間對布布路諸多照應。

MONSTER MASTER

冒險、正義、財富、祕寶、名譽……

富有志向的人們啊，

用心發出聲音吧，

召喚那來自時空盡頭的怪物，

賭上所有的「夢想」、「勇氣」、「自尊」，甚至「性命」，

向着成為藍星上最傳奇的——怪物大師之路前進吧！

——《怪物大師》題記

MONSTER MASTER

【目錄】CONTENTS
《邪惡暗影中的迷失者》

Especially written for kids aged 9 — 14（專為9-14歲兒童製作）

MONSTER MASTER
邪惡暗影中的迷失者
The Lost Wanderer in the Evil Shadow

● 第十四部 ● 邪惡暗影中的迷失者

怪物大師最愛珍藏

SECRET GAME
MONSTER WARCRAFT
（隨書附贈「怪物對戰牌」）

穿透文字的「堅強」與「感動」！

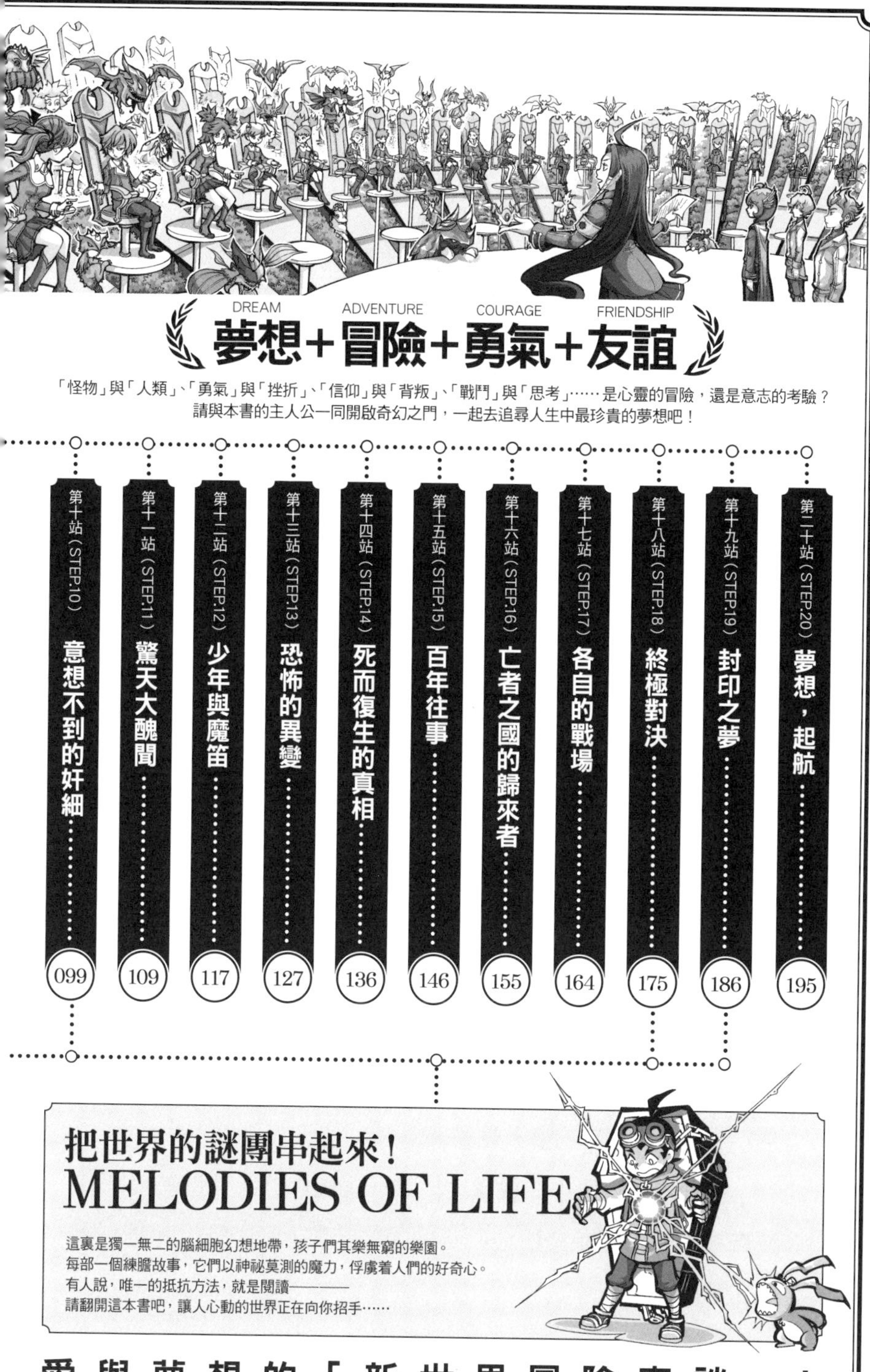
DREAM ADVENTURE COURAGE FRIENDSHIP
夢想＋冒險＋勇氣＋友誼
「怪物」與「人類」、「勇氣」與「挫折」、「信仰」與「背叛」、「戰鬥」與「思考」⋯⋯是心靈的冒險，還是意志的考驗？
請與本書的主人公一同開啟奇幻之門，一起去追尋人生中最珍貴的夢想吧！
第十站（STEP.10）意想不到的奸細⋯⋯099
第十一站（STEP.11）驚天大醜聞⋯⋯109
第十二站（STEP.12）少年與魔笛⋯⋯117
第十三站（STEP.13）恐怖的異變⋯⋯127
第十四站（STEP.14）死而復生的真相⋯⋯136
第十五站（STEP.15）百年往事⋯⋯146
第十六站（STEP.16）亡者之國的歸來者⋯⋯155
第十七站（STEP.17）各自的戰場⋯⋯164
第十八站（STEP.18）終極對決⋯⋯175
第十九站（STEP.19）封印之夢⋯⋯186
第二十站（STEP.20）夢想，起航⋯⋯195
把世界的謎團串起來！
MELODIES OF LIFE
這裏是獨一無二的腦細胞幻想地帶，孩子們其樂無窮的樂園。
每部一個練膽故事，它們以神秘莫測的魔力，俘虜着人們的好奇心。
有人說，唯一的抵抗方法，就是閱讀——
請翻開這本書吧，讓人心動的世界正在向你招手⋯⋯
愛與夢想的「新世界冒險奇談」！

引子

CREATED BY LEON IMAGE
LOVE & DREAMS

亡者歸來
MONSTER MASTER 14

「今夜，你將復活。」

濃重的夜幕下，一彎細如鐮刀狀的月牙兒清冷地掛在樹梢，銀白的月光悄無聲息地穿過一片片刀鋒般的岩石，將一個青年的人影斜斜地投射到覆滿青苔和污泥的古舊墓碑上。

一陣詭異的夜風呼嘯着吹過，墳頭上那些怒放的黑色花朵，發出窸窸窣窣的瘆人聲響。

那個青年雙手小心翼翼地捧着一個彷彿被火烤過般焦黑的破爛卷軸，他眉頭緊皺地盯着黑色的花叢，口中唸唸有詞，似乎在等待着甚麼。

只見那黑色的花叢中，竟然橫陳着一具被白布包裹的白骨。

沙沙，沙沙，沙沙！

風很快停了，黑色的花朵卻繼續搖曳着。更為詭異的是，白骨周圍的空氣悄然發生着變化：一團熒藍色的光暈從裹屍布的裂縫中噴薄而出，向外急劇擴散；與此同時，四周黑色的花瓣轉動、飛舞着，形成了一股猙獰的「黑色龍捲風」。

突然，白骨如掉落在地面的魚一般瘋狂擺動抽搐起來……在那耀眼的熒藍色光芒中，那堆森森白骨悄然發生着變化……隨着裹屍布越隆越高，白骨四周地面的水分被迅速地吸收掉，呈現出極度乾枯的脫水狀態，附近的植物也隨之枯萎，毫無生氣地低垂着……

而最令人心驚的是，那捧着卷軸的青年正迅速衰老，皺紋加深，身體變得佝僂……轉眼間竟變得老態龍鍾。

然而變成老人的青年並沒有絲毫恐懼，反而顫動着溝壑縱橫的面龐，露出了詭異的笑容，喃喃道：「快了……就快了！」

他搖晃着枯骨般乾瘦的身體激動地顫抖着，迫切地想要靠近花叢去看看。只是他剛剛抬起腿就感到渾身乏力，像被抽掉了骨頭似的癱倒在地，那如同破爛風箱的肺部勉強擠出了最後一個字：「不……」

就在他倒地的瞬間，黑色的花瓣龍捲風像被時間定格了一般驟然停在了空中，熒藍色光芒迅速消散，花瓣也如黑雪般紛紛墜地……一切重歸平靜。

老人睜着毫無生氣的雙眼，遺憾地看着不遠處裹屍布內的白骨已經基本變成人形：健碩的軀體，鮮紅似血的頭髮，蒼白的皮膚，英武的面容卻只有半張臉……

明明只有半步的距離，卻永遠無法靠近了，帶着巨大的遺憾，最後一抹生命的氣息從老人眼中消失了……

另一邊，半人半鬼的紅發青年從黑色花叢中幽幽地睜開了眼睛，他感到久違的生氣和血液在他的體內急速湧動，體溫迅速升高。緊接着，他的胸口有規律地起伏起來，四肢也能屈伸了……

紅發青年從花叢中坐起來，難以置信地看着自己死而復生的身體：「這……這是怎麼回事？」

他疑惑地四下張望……當他的目光觸及倒在地上的老人和他身邊那殘破的卷軸時，青年面色一緊。

「難道……」望着那張不甘心的蒼老面孔，青年瞇起的眼中，泛出一抹危險的精光，他用沙啞低沉的聲音問道，「是你讓我復活的？」

老人自然沒有辦法回答，此刻他氣息全無，生命已然耗盡……

新世界冒險奇談

第一站 STEP.01

3+1，新組合誕生

MONSTER MASTER 14

備受矚目！惡魔之子的幸運日

金燦燦的朝陽精神抖擻地躍出地平線，晨間的空氣清新怡人，摩爾本十字基地又迎來生機盎然的新一天。

不過，今天早晨的氣氛卻和平日裏略有不同，原本應該晨練的預備生們正三五成羣地朝着基地的廣場匯聚而去，一個個腳步匆匆，似乎生怕錯過甚麼了不得的大事。

廣場上人山人海，幾百名預備生裏三層、外三層地將偌大的廣場圍得水泄不通，所有人都朝着正中央高台上翹首張望。

只是，如果仔細觀察就會發現，預備生們的表情有些古怪，就像吃了甚麼酸牙的東西……

高台上，尼科爾院長殷切的聲音斷斷續續地傳來：「作為摩爾本十字基地預備生中的精英學員……我相信你們一定能順利完成這次任務……」

「是，院長……」外交官世家的後代朔月代表身後的同伴恭敬地回答，可他的聲音明顯有氣無力，臉色像剛刷好的牆壁一樣慘白，額頭上的青筋煩躁地跳動着，看起來鬱悶極了。

朔月身旁，一貫優雅的超級大小姐十三姬扭捏地低着頭，臉頰看上去竟然有些緋紅。只有身着黑色斗篷的阿不思表現得一如既往的鎮定……或者說，雕像狀態的阿不思根本就沒有任何反應。

聽起來，精英隊應該是又要去執行某項重要任務了，只不過，作為預備生中的佼佼者，習慣了光環和榮耀的精英隊隊員今天怎麼表現得這麼不正常？而且，精英隊的核心人物獅子堂怎麼沒出現？但這一切都不是最讓人吃驚和不解的，因為更令人難以置信的是，那個堂而皇之地站在獅子堂的位置上，背着一口笨重大棺材，滿臉傻氣的傢伙分明是……

布布路？！

圍觀的預備生們按捺不住地發出陣陣竊竊私語：「『惡魔之子』也太幸運了吧？竟然能和精英隊一起執行任務！」

「而且是獅子曜會長欽點他代替獅子堂，還有尼科爾院長親自為他送行！」

「更重要的是，這次出行哪裏算得上任務？分明是去觀光旅遊、吃喝玩樂！」

「嗚嗚，這麼好的事為甚麼落不到我的頭上？」

你沒有看錯！那個取代了獅子堂的位置，無比引人矚目，甚至將精英隊其他三人的風頭都搶光了的傢伙，正是聞名摩爾本十字基地的「惡魔之子」——布布路！

這到底是怎麼回事？

原來，作為藍星上最大的怪物大師培訓基地，摩爾本十字基地一向和其他怪物大師培訓基地保持着友好往來。最近適逢威爾榭基地一年一度的學園祭，按照慣例，精英隊的四名學員將代表摩爾本十字基地，前往威爾榭基地參觀學習。

屆時，威爾榭基地的預備生們將在受邀前來的親朋好友和各地貴賓面前公開表演，展示一年來的學習成果。因為學園祭的成績會計入學年的學分，所以所有人都會拿出看家本事，演出的規模和效果可謂精彩紛呈，絕對會令人大開眼界。

不巧的是，獅子堂不久前被他的爺爺獅子曜單獨派出去執行任務，抽不開身，所以便推薦布布路作為他的替代者。

獅子堂的提議頓時在基地內引起一片譁然，然而更讓所有人大跌眼鏡的是，尼科爾院長居然應允了。

「我不同意！」金貝克導師的臉都氣歪了，跳着大呼，「這種吊車尾怎麼能代表偉大的摩爾本十字基地？」但他的抗議很快就被廣場上一波高過一波的喧嘩聲淹沒了。

「大姐頭，餃子，帝奇，這次我不能跟你們一起執行任務了！」在幾百雙眼睛羨慕又嫉妒的注視下，布布路渾然不覺地揮動着不知從哪兒撿來的小花手帕，熱淚盈眶地朝着台下揮淚道別，「我不在的時候，你們一定要照顧好自己啊！」

「布魯布魯！」四不像高高地坐在布布路背後的棺材頂上，不亦樂乎地吃着須磨導師為布布路精心準備的「送行便當」，順便從布布路手裏搶過手帕擦嘴。

「放心，沒有你在，我們會過得更好的！」梳着長辮子的高挑少年餃子誇張地拖着長音回應道，「你好好執行任務，千萬別急着回來！」

「你這傢伙，最好別給我們丟臉！」穿着瀟灑的鎧甲裙、頭戴獸角裝飾的大姐頭賽琳娜叉着腰，發出獅吼般的打氣聲。

「少廢話！趕緊滾蛋！」帝奇冷着臉揮手，不忘瞥一眼已經比他矮了半頭的朔月。

「嗚嗚……」在三個同伴「溫暖而友愛」的支持聲中，布布路戀戀不捨地跟在精英隊三人身後，一步三回頭地登上停在一旁的加長型豪華方舟……

出發！目標威爾樹基地

風和日麗，碧空如洗，這樣的天氣最適宜飛行，價值三億盧克的方舟平穩地全速航行。

直到摩爾本十字基地變成一個小黑點，布布路才眼淚汪汪地收回視線，湊到精英隊三人身邊，一臉好奇地請教道：「請問，那個衞生丸基地是個怎樣的地方啊？」

「是威爾榭基地！」朔月觸電般尖叫起來，然後像連珠炮似的抱怨道，「連威爾榭都沒聽說過，怎麼會有你這麼孤陋寡聞的人！嗷！獅子堂到底在想甚麼？居然會推薦這種白痴賤民加入我們，簡直是辱沒了精英隊的名聲，可憐我這堂堂外交官的兒子……」

被朔月噴了一身口水的阿不思默默地將自己的禪定地點轉移到方舟的駕駛室裏。

「威爾榭基地是一個名叫南登・威爾榭的怪物大師在兩百年前創立的一座怪物大師培訓基地。」在朔月充滿怨念的雜訊之中，十三姬紅着臉把布布路拉到自己身邊，耐心地介紹道，「在戰爭年代，威爾榭基地所在地曾經是一處兵家必爭的戰略關口，經受過無數次戰火的摧殘和洗禮，關內百姓苦不堪言，民不聊生……直到南登・威爾榭出現，才改變了這一切，他召集關內的青壯年加入保衛家園的戰鬥，共同抗擊侵略者，並最終擊退了常年盤踞在此的兵團，使得關內重新恢復和平。

「戰爭結束後，威爾榭和部下共同建立起一座怪物大師培訓基地，為關內培養出更多優秀的人才，保護百姓更好地安居樂業。為了紀念威爾榭的功勛，後人便將這座基地命名為『威爾榭基地』。」

「原來是大英雄創立的基地，真了不起！」布布路揚起下頷，高聲讚歎道。他最喜歡聽大英雄的事跡了，聽完十三姬的介紹，他心中對這次任務越發充滿了期待。

「我勸你別高興得太早！要知道，威爾榭基地的現行體制和其他怪物大師培訓基地截然不同，那裏不僅院長的輪替採用世襲制，預備生們的培訓更是由從預備生中選拔出來的精英組成委員會來負責，並沒有任何導師。但基地裏紀律嚴明、競爭激烈，氣氛堪比軍隊！」朔月在一旁冷言冷語地插話道，「我警告你，到了之後，你最好不要像平時一樣隨便，尤其要看管好你那只愛惹麻煩的醜八怪怪物！萬一有甚麼閃失，那可不光是丟臉的問題，而是會引來天大的麻煩，我可不想因為你這種賤民而得罪威爾榭基地的女王大人！」

「女王大人？」布布路好奇地瞪大眼睛。

可朔月卻偏偏不肯說破，而是故弄玄虛地說：「急甚麼？到了基地你自然就知道了！」

「布魯布魯！」四不像一邊打着飽嗝，一邊示威般地衝朔月齜牙咧嘴，顯然對那個甚麼「女王大人」十分不屑。

歡迎儀式，女王大人駕到！

正午時分，全速行進的方舟如期抵達琉方大陸的東方。腳下是一片望不到邊際的山地地貌，繚繞的雲霧之中，四條隆起的山脈交錯在一起，形成一座巨大的山谷，陡峭而險峻的高山成為山谷的天然屏障，僅在面向大海的一側留出一條通入山谷的狹長豁口。從高空俯瞰下去，山谷和豁口剛好形成一個「凸」字形。

「你看，威爾榭基地就建造在那條不足百米寬的豁口通道上，要進入山谷內的居民區，就必須先通過壁壘森嚴的基地！」十三姬貼心地在一旁給布布路補充常識。

順着十三姬指點的方向，布布路看到豁口的沿途果然密集地聳立着高大的瞭望塔和要塞建築，厚實的城牆能抵禦火炮的高強度轟擊，每一座建築更同時兼具居住和軍事雙重功能，不愧是一處易守難攻的戰略關口。

「哇！」隨着方舟的下降，巧妙結合的天然和人工景觀令布布路驚歎連連。

在一陣輕微的顛簸中，方舟緩緩降落在威爾榭基地的中心廣場上，阿不思不知何時已從駕駛室裏移動出來，悄無聲息地和布布路他們一同站在甲板上。

一條長長的紅色地毯一路鋪到方舟的舷梯下，紅地毯的兩旁整齊地站立着身穿制服、手持樂器的預備生儀仗隊。

就在布布路一行順着舷梯走下方舟的同時，儀仗隊鼓樂齊鳴，整齊劃一地喊道「歡迎來到威爾榭基地」，甚至還有預備生代表走上前為布布路四人送上鮮花。

「噢噢噢，這裏的人真熱情啊！」受到這麼隆重的禮遇，布布路心裏樂開了花，情不自禁地挺起胸脯，昂首闊步地走在紅地毯上。

「布魯布魯！」坐在棺材頂上的四不像也神氣活現地手舞足蹈，嘴裏嘰哩呱啦地歡叫不停。

就在布布路興奮得忘乎所以的時候，十三姬突然一把拽住他的衣角，朔月也在一旁擠眉弄眼，小聲示意布布路注意自己的舉止。

「那就是我剛才提到的『女王大人』，威爾榭基地至高無上的預備生精英代表，即預備生委員會主席，也是下一任院長接班人——狄安娜。」

布布路忙瞪大眼睛往前看，只見一個穿着華麗黑色制服的女生正站在紅毯盡頭的高台上，不知是衣服顏色的關係，還是女生的表情太嚴肅，她渾身上下散發出一種不怒自威的氣息，就連她胸口佩戴的玉石胸針彷彿都泛着寒光。

沒等布布路他們走近，狄安娜就皺着眉頭不客氣地問：「獅子堂沒來嗎？」

「事情是這樣的……」一向傲慢的朔月不僅沒有計較狄安娜的無禮，反而躬身向她行了個禮，並用謹慎的措辭向女生解釋了獅子堂不能出席的原因。最後，朔月將布布路推到女生面前，

不情願地介紹道：「這是獅子堂推薦的替代人選，也……算得上是摩爾本十字基地預備生裏的……精英。」

「你好，我叫布布路！」布布路忙主動地朝女生伸出手。

面對布布路的示好，狄安娜的回應卻十分冷淡，她高高在上地打量了布布路一眼，喉嚨裏含糊地哼了一聲，丟出一句「跟我來」之後，扭頭揚長而去。

布布路尷尬地收回被冷落的手，他背後棺材上的四不像朝着狄安娜冷傲的背影不屑地直吐舌頭。

「主席只是對陌生人沒有安全感，所以比較警惕，時間長了你就會發現，她其實是個很好的人。」這時，一個柔和的聲音傳入布布路耳中。說話的是剛才一直像侍衞一樣站在狄安娜身後的高挑少年，他一臉溫和，天空般蔚藍的雙瞳似乎充滿了睿智，讓人感覺很親切。

少年面帶微笑地自我介紹道：「我叫奇拉翁，也是威爾榭基地的預備生。我們走吧，先去和院長打個招呼。」

新世界冒險奇談

第二站 STEP.02

危機暗湧，怪事連連

MONSTER MASTER 14

黑色的亡者之花

布布路幾人亦步亦趨地跟着狄安娜，置身威爾榭基地內，更覺這裏威嚴堅固，壁壘森嚴，隨處可見寫有各種規章制度的醒目標牌，很多磚牆上還刻意保留着戰爭年代的炮彈痕跡，以警示在這裏學習的預備生，不能忘記戰爭的殘酷和守護關內百姓的職責。

不過布布路的目光卻被路邊長長的花圃吸引了，那裏種滿了黑色的花朵，如同一條通向無盡黑暗的地毯，不知為何，讓人隱隱有種不祥之感……

「咦，莫非這是彌砂花?」布布路納悶地撓着腦袋，這些花在藍星上隨處可見，可誰都知道彌砂花是紅色的，為甚麼威爾榭基地裏的彌砂花是黑的呢?

「傳說中，彌砂花來自亡者之國，因為沾染了亡者的血液，所以花瓣為紅色，它的花語是『哀悼亡者』。」在布布路的提醒下，其他人也注意到了，十三姬若有所思地說，「難以置信，我也從來沒見過黑色的彌砂花!」

「我記得去年學園祭的時候，這些彌砂花明明是紅的。」

朔月狐疑地說，就連阿不思都伸長了脖子扭頭盯着這些古怪的彌砂花。

「不愧是摩爾本十字基地的精英預備生，沒想到你們這麼快就注意到了!」奇拉翁收起笑容，向大家解釋道，「其實，我們威爾榭基地種植彌砂花是為了紀念兩百年前不畏強敵、英勇奮戰的先輩們。本來，這些彌砂花都是正常的紅色，奇怪的是，一個星期前，不知為甚麼，基地裏的彌砂花突然開始變成黑色。一開始只有幾株花發生異變，但很快，就像傳染病一樣蔓延開來……現在基地裏百分之八十的彌砂花都變成黑色了。」

「花朵突然異變?以前發生過這種事嗎?」十三姬十分不解。

「嗯……」奇拉翁頓了頓，像是挑選了半天詞語般躊躇着說，「雖然誰也沒親眼見過，但傳說一百多年前，曾經發生過一次類似的情況，紅色的彌砂花一夜之間變黑了，一個早已死去的預備生吸取了大量彌砂花中的亡者之血，從亡者之國歸來了……」

「布魯，布魯布魯！」坐在棺材頂上的四不像突然誇張地捧腹大笑起來，一邊笑還一邊拍打着布布路的腦袋，好像聽到了無比滑稽的笑話。

「世界上真的有『亡者之國』嗎？」布布路的眼睛瞪得比皮球還圓，如果是這樣，為何從小在墓地長大的他沒見過半個幽靈呢？

「吵死了！那只是以訛傳訛的謠言，沒有任何證據能證明它的真實性！」四不像的態度引起了狄安娜的不滿，她豎着眉毛，向布布路和四不像射來凌厲的刀光一樣的眼神。噢，這傢伙簡直是升級版的大姐頭啊！面對氣勢洶洶的狄安娜，布布路縮縮脖子，不敢吱聲了。「布魯！」四不像齜牙咧嘴地怪叫一聲，拍拍吃飽的肚皮，打了個大哈欠，不屑地鑽回棺材裹睡大覺去了。

「狄安娜，你在焦躁甚麼？」十三姬敏銳地覺察到女王大人的反常。因為她倆從小就認識，十三姬自然知道平日雖然狄安娜自恃身份，會端着架子擺出威嚴的姿態，卻絕對不會亂發脾氣。

「抱歉，我失態了。」狄安娜深吸一口氣，面色凝重地望着三個熟悉的精英隊成員，「老實說，我很不安，總覺得基地裏有甚麼危機正在暗自發酵……」

說到這裏，狄安娜看了看奇拉翁，奇拉翁立刻默契地接過話題，上前充當解說員：「其實，彌砂花異變的隔天清晨，有人在基地堆放垃圾的地方發現了好幾個昏睡的預備生和他們的怪物，那幾個預備生的衣服全都被撕扯得破爛不堪，怪物身上也遍佈傷痕，就像是經歷過一場慘烈的殊死搏鬥。可是，等他們

清醒過來之後，卻完全說不出到底發生了甚麼事情，他們好像全都丟失了前一夜的記憶！」

奇怪的夢境和丟失的記憶

「丟失記憶？」朔月眉頭緊鎖，「他們不會是做了甚麼錯事而不敢承認吧？」

「一開始我和狄安娜也有這樣的懷疑，但隨後，他們卻不約而同地提到，在過去的一夜裏，他們都做了一個同樣的夢。」奇拉翁繼續回顧道，「在那個夢境裏，威爾榭基地裏流淌着一條河流，河流的兩岸搖曳着妖豔的黑色彌砂花……」

「餃子經常說『日有所思，夜有所夢』，」布布路絲毫不在意朔月鄙視的眼神，積極地參與討論，「也許是那幾個預備生白天看見基地裏的黑色彌砂花和河流，所以夜裏就夢見了……」

「絕對不可能！因為誰都知道，整個威爾榭基地裏根本沒有河流！」狄安娜斬釘截鐵地否定了布布路的猜想，「並且，威爾榭基地明文規定，每天晚上十點到第二天早晨六點是就寢時間，屆時基地裏將實行嚴格的宵禁，除非有院長或我的許可，否則嚴禁預備生離開宿舍！我不認為他們會擅自違反規定，更不相信他們會為了逃避懲罰而胡亂編造藉口！」

「難道是那些異變的彌砂花造成幻覺讓他們看見一條不存在的河流嗎？」十三姬猜測道。

「不，我仔細化驗過變黑的彌砂花，沒有發現任何異常……」狄安娜遺憾地說。

「我知道了！是集體夢遊！」布布路一拍腦門，恍然大悟地說。

「如果這只是一次偶然事件，也許我們還能用『集體夢遊』來解釋，但是接下來，同樣的事情又發生了幾次。隨着越來越多的彌砂花變黑，出事的預備生人數也越來越多。

所有人無一例外都做了同樣奇怪的夢，並且記不起來為何他們會身處垃圾堆……」奇拉翁神情嚴峻地說，「為了查明原因，狄安娜親自帶隊，每天晚上讓預備生組成數支小隊在基地裏進行巡邏，但是我們完全沒發現基地裏有甚麼異常。」

奇拉翁的話讓大家沉默了，這麼聽來，這件事的確太古怪了！

就在這時，一直如同雕像般不說話的阿不思突然開口了：「在下認為，這世界上只存在可能存在之物，只發生可能發生之事……萬事有果必有因！也許有甚麼重要的線索被遺漏了……」

這話聽起來好有道理啊！

雖然沒有百分百地理解阿不思所說的話，但布布路卻跟着大家點頭如搗蒜。

「狄安娜，快到院長辦公室了。」奇拉翁突然輕聲提醒道。

「有甚麼話以後再說吧，先去見我爸爸。」狄安娜臉上的煩悶像是瞬間一掃而空，神采奕奕的，帶領大家一個轉彎，走進了一條光線昏暗的走廊裏。

生病的索納比院長

進入走廊，四周一下子安靜下來，連昆蟲的鳴叫聲都聽不見了，彷彿與世隔絕了一般。

這裏出奇的安靜，不知為何，給人一種不寒而慄的感覺，但看着狄安娜那充滿魄力的背影，布布路不敢發問，只能暗暗在心裏嘀咕：院長辦公室真的在這種地方嗎？

很快，走廊盡頭出現了一扇門，狄安娜輕輕敲了敲門，裏面傳來一個氣息不足的男聲，說道：「進來吧。」

一行人輕手輕腳地進入辦公室。雖然現在是大白天，但辦公室裏卻如黑夜一般，厚重的窗簾將所有的

窗戶都遮擋得密不透風，只有一盞晶石燈發出一團昏黃的光。

偌大的辦公桌後，端坐着一個身形瘦削的老者。

「這是我們威爾榭基地的索納比院長。」奇拉翁輕聲介紹道，「院長，這四位元是摩爾本十字基地派來參加學園祭的預備生。」

「歡迎來到威爾榭基地！」索納比院長的聲音沙啞低沉，同時如生鏽了的木偶一般緩慢而機械地從椅子上站起向眾人示意。

「爸爸！」狄安娜上前扶住父親，擔心地說，「您還是坐下說

吧！」

「我沒事，你不用這麼緊張。」院長的臉色灰白，衝狄安娜擠出一絲笑意。

朔月和十三姬互看一眼，總覺得院長跟一年前判若兩人。他的眼睛看起來像泥水般渾濁，皮膚發黃，整個人就像是從土裏長出來似的。

動物般的直覺告訴布布路，院長生病了，而且是很嚴重的病，因為他從院長身上聞到了一絲熟悉的氣息，那是瀕死之人的氣息……

「院長大叔的病很嚴重嗎？」布布路用有如蚊子般的音量問奇拉翁。

「沒錯，索納比院長有嚴重的心臟衰竭症，隨着年齡的增長而日益惡化。醫生說，這種病無法醫治，只能儘量避免劇烈運動和情緒起伏，否則極有可能導致病人休克甚至猝死。」奇拉翁語氣沉重地悄聲告訴布布路，「最近一年，院長大人的身體每況愈下，做甚麼事情都力不從心了……為了讓他好好靜養，基地裏的大事小情幾乎都由狄安娜一個人扛起，她還特意將院長辦公室搬到這個安靜的地方，除非有重大事情，否則儘量不打擾院長休息。」

原來辦公室之所以位於這麼偏僻安靜的地方，是狄安娜為了生病的爸爸考慮而特別準備的，難怪她在被奇拉翁提醒之後就立刻振作精神，原來是為了不讓爸爸擔心。

「院長您好！」十三姬帶頭向院長問好，大家自動放輕了音量，而虛弱的索納比院長強撐着笑容，親切地和布布路他們一一握手，還囑咐狄安娜要好好照顧布布路他們，讓他們在威爾榭基地賓至如歸，也希望此次預備生間的交流能增進兩個怪物大師培訓基地間的友誼……

「爸爸，」狄安娜打斷了索納比院長越發力不從心的話，「基地的工作我會處理，您就不要操心了，我接下來要帶他們去商量學園祭的事了。」

「好好好，畢竟現在是由你這個預備生委員會主席代替我管理基地，我就不過多干涉了。」索納比院長用無奈的口吻回道，可他看向狄安娜的眼神中卻充滿愛憐與驕傲，隨後他笑着對布布路他們說，「以後有機會我再和你們多聊聊吧。」

結束和索納比院長的簡短會面，狄安娜就腳步匆匆地帶着布布路他們離開了辦公室。

看着狄安娜逞強的背影，十三姬和朔月交換了一個心照不宣的目光，狄安娜這次邀請他們絕不是單純來參加學園祭的……

果不其然，狄安娜扭過頭，鄭重其事地說：「明天就是學園祭的開幕式，這是我第一次獨自主持學園祭，一定不能有甚麼紕漏，更不能給爸爸增添煩惱。但基地內發生的一連串怪事讓我產生不好的預感，總覺得有甚麼可怕的陰謀在暗暗地發酵……所以我需要你們幫忙，或許，作為不熟悉威爾榭基地的你們，反而能發現一些被我們忽略的線索。」

「沒問題，我們一起來探查吧！」布布路充滿幹勁地說。比起思考，他一向更善於行動。

精英隊其他三人也紛紛點頭，朔月更是附和道：「狄安娜，我們認識多年，如果能幫上忙，我們一定全力以赴！」

同伴默契度測試

請問布布路曾為了去哪裏，而向十三姬借用過方舟？

A. 奧古斯　B. 迷霧島　C. 天山　D. 鹽水帶

答案在本頁底部，答對得 5 分，你答對了嗎？

■即時話題■

布布路：餃子，在我走之前，有樣東西要交給你，哦，不對，其實是十三姬讓我給你的。

餃子：呵呵，是甚麼東西呢？o_O 帳單？一億五千萬盧克？為……為……為甚麼……我……我……我甚麼時候欠她錢了？！

布布路：上次我們去龍宮不是弄壞了她家的方舟嗎？這是她向你要的賠款金額，她說，相識一場，已經給你打折了！

餃子：那……那……那……你們呢？也要賠款嗎？

賽琳娜：十三姬說我們是好朋友，不講究這個。

帝奇：我沒收到帳單。

布布路：十三姬只說，她願意下次還借我，沒提賠款的事。

餃子：我懂了，她對我心存芥蒂……只因那個胸針的誤會，嗚嗚嗚，我其實是個好人啊！

其他三人（異口同聲）：沒錯／是的／對啊！

完成這個測試後，你可以鑒定自己與四位主角的默契程度。
測試答案就在第十四部的 215 頁，不要錯過哦！

MONSTER MASTER ✦LOVE & DREAMS✦

這是成為怪物大師的必經之路!!!

尊敬的讀者：現在你跟隨布布路一起踏上了成為怪物大師的道路！向所有的困難發起挑戰吧！

新世界冒險奇談

第三站 STEP.03

又是守墓任務

MONSTER MASTER 14

布 布路和墓地的緣分

布布路和精英隊鼎力相助的宣言，讓狄安娜內心的緊迫和不安稍稍得到緩解。她早就經過一番思考，這時，便未雨綢繆地說：「今晚的巡邏需要大家分頭行動，每個人負責一個方向，具體怎麼分配，就用抽簽來隨機決定吧！」

說着，狄安娜從口袋裏拿出幾根代表着「東、南、西、北」的紙簽。

抽簽？布布路覺得這場景似曾相識。他隨手抽出一根簽，簽底寫着「西」。

奇拉翁看了看布布路手中的紙簽，開始說明基地西邊的情況：「威爾榭基地的西面是醫護區，而最週邊則是墓園，那裏是基地裏還沒有發生彌砂花異變的小片區域之一，雖然夜晚的墓地比較陰森，但還是希望布布路你能克服一下恐懼的心理……」

「奇拉翁，你多慮了！」不等奇拉翁說完，朔月已經在一旁壞笑起來，指着布布路調侃道，「你有所不知，這傢伙從小就在墓地裏長大，天生就和那種地方有着不解之緣，讓他去巡視墓地再適合不過了！」

奇拉翁似乎沒太聽懂，奇怪地看向布布路。

「交給我吧！墓地就像我家一樣親切啊！」布布路傻乎乎地笑着揮了揮手中的「西」簽，完全沒聽出朔月言語間的諷刺。

精英隊三人隨後也很快抽完簽：朔月負責北面；阿不思向南；十三姬向東。大家將分別和一隊威爾榭基地的預備生一同巡邏，而奇拉翁由於連續巡邏了數夜，黑眼圈已經很嚴重，被狄安娜強制趕回宿舍去休息，為第二天的學園祭開幕式養精蓄銳。

分配完巡邏任務，狄安娜安排布布路四人先去為他們準備的宿舍抓緊時間休息一會兒。

宿舍的餐桌上已經擺滿琳琅滿目的食物，一進屋，四不像就聞香出動，「布魯」一聲從棺材裏跳出來，朝着美食飛撲而去。

饑腸轆轆的布布路也趕緊衝向餐桌，加入搶奪食物大戰。

可沒想到的是，一向喜歡和布布路搶東西吃的四不像今天卻很奇怪，凡是布布路碰過的食物，四不像竟然看都不看。

「布魯布魯，呸呸呸！」幾輪食物爭搶下來，四不像竟然誇張地縮到牆角，嫌惡地朝布布路連連吐口水。

「四不像今天怎麼那麼反常啊？」順利吃到美食，布布路心中卻莫名覺得失落，正鬱悶着，鼻息間突然飄進一股莫名的異味，淡淡的，卻異常清晰。布布路東聞西聞，然後他的臉上浮現出了匪夷所思的表情，沒想到那個臭味的源頭竟然是他自己！

布布路使勁地吸着鼻子，要說身上有味道，最多也只會是汗臭，可今天這種味道仔細聞起來卻令人作嘔，就像发霉的臭雞蛋。

這味道讓布布路有些不安，為了能「更好地」和四不像享受搶奪美食的「樂趣」，布布路決定先去洗個澡……

「真奇怪……」水流順着花灑嘩啦啦地流着，布布路一邊用芳香沐浴露往身上狂搓，一邊納悶地嘀咕着，「我今天沒去甚麼怪地方啊，身上怎麼會有臭味？是甚麼時候沾上的呢……」

嘎吱！這時，浴室的門被從外面推開一條小縫，一隻毛茸茸的鐵鏽紅爪子探進來，扔進一個「卜林卜林」叫着的卡卜林毛球，又嫌棄地縮了回去。

「布布路，你這沒良心的傢伙！」毛球一接通，裏面就立即傳出大姐頭震耳欲聾的大吼，「到了竟敢不主動向我報平安！」

「布布路啊，自從你乘坐方舟離去，我和大姐頭就坐在卡卜林毛球前，盼星星、盼月亮地等着你的消息，」餃子誇張地叫道，「這種感覺，就像是一對父母擔心着第一次離家遠行的兒子一樣……哎喲！」

餃子話還沒說完就發出一聲痛叫，賽琳娜惱火地吼道：「放肆！誰和你是『一對父母』？」

「喂！」帝奇不耐煩的聲音傳進布布路耳中，「你那邊沒事吧？」

「還好，不過……」布布路趕緊把威爾榭基地裏發生的怪事向三個同伴如實彙報一遍。

「原來如此……」餃子沉吟道，「今晚的巡邏非同小可啊！」

「布布路，你一個人行動太讓人不安了，要不你今晚巡邏的時候，讓卡卜林毛球一直保持通話狀態吧，」賽琳娜擔心地說，「這樣萬一有甚麼風吹草動，我們也能及時提醒你。」

「嗚嗚……謝謝大家，我好想你們啊！」三個同伴的關心讓布布路十分感動，他忍不住抬高音量大叫起來。

「笨蛋！」回應布布路的是三人不約而同的聲音。

午夜巡邏

夜深人靜，月上枝頭，布布路他們各自帶領一支由威爾榭基地的怪物大師預備生組成的小隊，準備向着基地的四個方向展開巡邏。

臨行前，十三姬拉了拉布布路的衣袖，小聲叮囑道：「布布路，小心行動！」

「你也是！」布布路笑嘻嘻地回答。

朔月不禁朝天翻了個大白眼，酸溜溜地對阿不思小聲發牢騷：「在一起做過這麼多工，怎麼都沒見她關照過我們一句？」

阿不思一動不動地維持禪定狀態，對眼前的一切置若罔聞，只是可憐了和他一組的預備生，整晚都要同這尊人形雕塑一起巡邏。

四組人分頭行動，布布路帶領的小隊很快抵達位於威爾榭基地最西面的墓地。

夜晚的墓地萬籟俱寂，腳下黝黑的泥地上長滿了斑駁的灰綠色苔蘚，墨綠的樹枝在夜風的撫弄下，肆意搖擺着，如同不懷好意的魔鬼跳着詭異的舞蹈。一圈圈濃稠的乳白色霧氣像巨蟒般纏繞其中，讓大家如同置身於迷離的幻境般心神不寧，而悶熱的空氣更讓人喘不過氣來。

威爾榭基地的預備生一個個縮頭縮腦，臉色慘白地走在墓地裏，就連誰不小心踩斷一截枯樹枝都能引來一連串驚駭的尖叫。

只有布布路神采奕奕，像走在自家院子裏一樣，腳步輕快地在林立的墓碑間穿梭，不時還伸手摸摸冰冷的碑石，輕輕敲擊檢查是否有甚麼異常之處，甚至還輕聲對着墓碑低吟上幾句。

看着不斷和一座座墓碑進行「親密接觸」的布布路，預備生們驚恐得面面相覷：

「這個十字基地來的傢伙是甚麼來頭啊？好像一進入墓地就

變得特別興奮啊！」

「他還隨身背着一口棺材，該不會是有甚麼特殊的嗜好吧？好恐怖！」

「我的天，他居然在聞墳頭的土，我要吐了！」

就這樣，布布路在眾人目瞪口呆的表情中蹦蹦跳跳地在墓地走完了一圈又一圈……

呼——

毫無徵兆地，晴朗的夜空中湧來一大片形如怪獸的烏雲，將月亮遮住了，突如其來的黑暗讓四周變得更加冰冷、陰森。

「差不多了吧？我們已經徹底檢查過整片墓園了，趕緊回去吧！」一個預備生汗流浹背地說。

「再待一會兒吧，我想再仔細查查。」布布路卻面不改色地流連在墓碑間，不想輕易離開。

「我們已經看了幾遍了，這片墓地裏的確沒甚麼異常，與其繼續在這裏浪費時間，不如去其他人那兒幫忙！」另一個預備生不安地催促道。

「是啊，是啊……」

見大家眾口一詞，布布路只好依依不捨地跟着眾人往回走。

「等等！」就在離墓地出口近在咫尺的時候，布布路忽然停住了腳步，耳朵警覺地動了動，「我好像聽到水流的聲音！」

布布路的話引來預備生們不滿的抱怨：「別開玩笑了，你剛剛不也看到了，墓地裏除了墓碑就是墳頭，根本沒有水源，哪兒來的水聲？」

「就是，你肯定聽錯了，快走吧，別磨蹭了！」可布布路的腳就像是生了根似的，一動不動地定在原地，眾人費了九牛二虎之力都拖不動他半步。

暗河魅影

布布路的怪力再次讓威爾榭基地的預備生們大吃一驚，突然，布布路掀開大家的手，抽身回頭往墓地深處跑去。

預備生們一脫力，全都摔到了地上，等他們從地上爬起來，布布路已經跑得沒影了……

「我的天，這力量和速度……也太不可思議了吧？」

「他真的是人類嗎？」預備生們交頭接耳地追過去。

沒走幾步，最前面的預備生猛地剎住了腳步 :「噓，你們聽 ——」

嘩啦啦……嘩啦啦，嘩啦啦……嘩啦啦，嘩啦啦，嘩啦啦……

眾人全都屏住了呼吸，臉上浮現出驚疑不定的神色。

這下子大家都聽到了，是水聲！並且，那聲音越來越清晰，越來越逼近，大家甚至感覺到有冰冷的水漫過腳背的濕意……

不對勁！眾人齊齊打了個冷戰，驚愕地低頭看去——一條淺淺的河流正在黑暗的墓地中無聲無息地流淌着，水面散發出熒熒的藍光，如空氣般地纏裹住了眾人的腳踝。

如果不是親眼所見、親耳聽到，他們幾乎感覺不到水的存在……

天哪，這真是太詭異了！墓地裏居然出現了一條不存在的河流！眾人震驚不已，尤其是那些威爾榭基地的預備生，他們從小就在基地接受培訓，熟悉這裏的一草一木，沒有人比他們更清楚，別說是墓地，整個基地裏根本沒有河流，這到底是怎麼回事？

「根據水流的走勢，河是從那邊流過來的！」布布路手搭涼棚，朝墓地深處看去。

「甚麼！你居然能看清河的流向？」漆黑的墓地裏，預備生們用看怪物的眼神望着布布路，這傢伙的視力也太驚人了吧！

「是啊！」布布路不以為然地咧嘴笑笑，大手一揮，「走，我們去看看怎麼回事兒！」

預備生們雖然心懷畏懼，但面對突發異狀，受過嚴格訓練的他們自然責無旁貸，於是，大家蹚着詭異的河流，小心翼翼地向着墓地深處走去……

一陣陰冷的夜風咆哮着吹過，天空中的烏雲被詭異地吹去一角，一抹肅殺的月光從雲層的缺口泄漏出來。

布布路突然貓低身子，蹲到一塊墓碑後面。四不像也悄悄從棺材中爬出來，瞪着好奇的眼睛，看向不遠處的河流源頭。

借着慘淡的月光，只見在一片被拉扯得光怪陸離的墓碑陰影中，出現了一個身影！

那人身穿黑袍，正用手中的長柄木勺舀取着河水，灑向河岸兩邊的彌砂花，動作優雅得就像隱匿於夜色中的死神。

新世界冒險奇談

第四站 STEP.04

詭異的笛音

MONSTER MASTER 14

神祕吹笛人

凡是被神祕黑袍人用河水澆灌過的花朵，鮮紅的花瓣全都像沾染了墨汁的吸水紙一般，迅速變成黑色。這個黑袍人就是導致基地內彌砂花異變的罪魁禍首嗎？

親眼看到破壞基地的人，預備生們露出了憤怒的表情，但出人意料的是，他們很快冷靜下來，以墓塚為掩護小心翼翼地挪動腳步，形成一個弧形的包圍圈，有條不紊地向着神祕的黑袍人圍攏過去……

他們的眼神中透露着共同的堅定的信念——一定要抓住他！

布布路不由得在心中讚歎，威爾榭基地的預備生們果然訓練有素，行動力非凡，不過他也不會輸給他們的！

布布路悄悄卸下棺材，深吸了一口氣，正準備靠速度衝上去擒住黑袍人。就在這個關鍵的瞬間，不知為何，死寂的墓地裏突然飄起悠揚、婉轉的笛聲，而吹奏者不是別人，竟然正是背對他們的黑袍人！

原來黑袍人不言不語地站在原處，看似按兵不動，其實對周圍的變化瞭若指掌，早有防備。

「不好！大家……」布布路想要捂住耳朵，卻驚訝地發現自己的手不聽使喚，腿腳也動彈不得，甚至連嘴巴都無力張開，無法發聲了。

其他人也都一動不動地定在原地，只能用眼神傳達內心的詫異和不安。

那笛聲仿佛瞬間就穿透了所有人的神經，那悠揚婉轉的笛聲直達大腦，讓所有人不能動彈。

難道沒有辦法可以擺脫笛聲的制約嗎？布布路只覺得思維變得越來越遲鈍，全身的力氣都被抽空了似的，身體失控般地向後倒去……

撲通、撲通、撲通——

預備生們的身影一個個淹沒在幽藍色的河水中。

布布路和預備生巡邏小隊被神秘黑袍人的笛聲死死困在憑

空出現的河流裏，浮浮沉沉。

「布魯布魯！」就在布布路的意識快要陷入混沌中時，棺材上的四不像突然一個跟頭栽入幽藍色的河水之中，等它跳出水面時，已經是濕漉漉的狼狽樣。

布布路眼前一亮，心中閃出一絲希望，希望惱羞成怒的四不像來個驚天地泣鬼神的大發威，好好教訓一下那個黑袍人，但現實卻是——

「布魯！布……魯……」張牙舞爪的四不像喝醉了似的原地轉起圈來，連叫聲都顯得中氣不足。糟糕，四不像也被笛聲影響了！

四不像的雷光球

最後的希望落空了，布布路失望不已。

可就在這時，四不像一雙銅鈴眼猛然瞪得渾圓，芭蕉葉般的耳朵憤怒地豎起，張開的大口中，一團紫色的雷光迅速聚攏……

哇！原來笛聲僅僅是擾亂了四不像的方向感，並沒有抑制它的行動力。

轟轟轟——

在一陣顛三倒四的搖晃之下，一連串十字落雷自四不像口中噴發而出，遺憾的是，四不像的精確度顯然大大降低，不，是完全錯誤！

紫紅色的雷光劈啪作響，竟然風馳電掣地向着布布路的方向劈去。

豆大的汗珠從布布路腦門滑落，他仿佛看到自己被劈成一個黑乎乎的煤球……

不過下一秒，布布路卻長舒了一口氣，因為那些雷光球並沒有擊中他，而是險險地擦着他的手臂，落入幽藍的河水中。

可隨之而來的是更大的混亂——

噗噗噗……啪啪啪……哧哧哧……

蘊含強大破壞力的雷光球在河水中短暫沉寂了數秒後，猛然發出沉悶的爆破聲，電光迸射，整片河面瞬間被染成危險的紫紅色。

電流像一條條紫色的毒蛇，在黑袍人露出水面的身軀上瘋狂游走，黑袍人全身都發出誇張的抖動，悠揚婉轉的笛聲也被撕扯得支離破碎，變成尖銳刺耳的雜訊。

「哇啊啊啊啊啊啊啊啊啊啊！」

「哇呀呀呀呀呀呀呀呀呀！」

河水中傳出此起彼伏的慘叫，布布路和預備生們被通電的河水電得渾身寒毛倒豎、七竅生煙，一個個在河水中活蹦亂跳，像被丟進沸水裏煮的活魚。

誰都沒有意識到自己的身體已經恢復自由，全都渾身抽搐着，咬牙切齒地盯着那隻毫無愧疚之意的醜八怪怪物。

大發「神威」之後，四不像精疲力竭，耷拉着舌頭，呼哧氣喘地癱坐在棺材頂上。

或許是平日被十字落雷折磨多了，布布路居然能克服麻痹和抽搐，在電光四濺的河水中，蹚着水緩慢地向着元氣大損的黑袍人走去。

黑袍人轉過身來，布布路瞪着充滿血絲的雙眼，死死盯住他。

驀地，布布路的眼中閃過一抹令人難以置信的光，喉嚨裏吃力地擠出含混不清的音節 ——

「怎麼……會是……你？！」

黑袍人慌亂地將臉藏到黑袍下，疾步後退。隨着電光漸滅，被電得渾身酥軟的預備生們哆哆嗦嗦地圍上來，黑袍人這下插翅難飛了！

然而，河水突然劇烈翻湧起來，阻擋了大家的去路。

似乎有甚麼東西在地下攪動着河水……難道河水下隱藏着甚麼怪物嗎？大家心中警鈴大作。

黑袍人卻像是得到了某種助力，站穩後，再次吹響了笛子。

這一次，笛音變得更加淒婉、高亢，細密的音符如同一波波氣浪，接連不斷地撞擊着聽眾的耳膜，並順勢在顱腔內激出可怕的震盪波，直到將人的思緒徹底攪和成一團虛無和渾濁。

在這可怕的笛聲中，布布路和預備生們的神情再一次呆滯下來，連四不像也沒能倖免，它的眼皮沉沉地耷拉下來，目光一片茫然。

隨後，所有人全都如同提線木偶般，茫然地彎下身，將頭探

向詭異的河水，嘴巴貪婪地噘起，咕嘟咕嘟地喝起河水來……

一時間，偌大的墓地中只剩下水流滾過喉嚨時的吞咽聲，還有在夜空中盤旋的鬼魅笛聲……

蹊蹺的失憶

「喂，布布路！」

「醒醒啊！」

在一陣急促的呼叫和搖晃中，布布路渾身一激靈，猛地睜開眼睛，木然地看着懸在自己上方的兩張似曾相識的面孔——

那個不停搖晃自己的是朔月，用哭腔呼喊自己的是十三姬。

「我這是怎麼了？」布布路覺得就像被人敲了一記悶棍，頭疼得厲害，而鼻腔裏更充斥了一股刺鼻的惡臭。

布布路四下掃視一圈後，發現這裏是威爾榭基地預備生宿舍後面的垃圾堆……和布布路一同巡邏的預備生們全都橫七豎八地在垃圾裏酣睡，狄安娜正捏着鼻子把他們一個個叫醒。

「布魯，布魯！」四不像則抱着腦袋不舒服地在地上滾來滾去，發出難受的哼唧聲。

「我怎麼會在這兒？」布布路昏沉沉地從地上爬起來，困惑地問道。

聽到這個問題，大家的神情更加凝重了，朔月沒好氣地哼哼道：「誰讓你這個不靠譜的傢伙遲遲不回來，十三姬擔心你出事，不由分說就拉着我們去西面找你，結果還沒到墓地，就發現你倒在垃圾堆裏了。說起來，我們才想知道，你怎麼會在這兒呢？」

眼看布布路懵懵懂懂的樣子，十三姬擔憂地問：「布布路，你不記得之前發生的事了嗎？」

「之前……」布布路絞盡腦汁地回憶，可進了墓地之後的事，他甚麼都想不起來了。

沉悶的氣氛之中，布布路下意識地抬起緊握的右手，攤開的掌心裏赫然攥着一把皺巴巴的紅色花瓣。

「紅色彌砂花？」十三姬小心翼翼地拈起一片花瓣，看着布布路，「一定是有甚麼重要的原因，才會讓你緊握着這些花瓣不鬆手，你真的想不起來了嗎？」

布布路一臉苦相地搖搖頭，又扭頭看向四不像，用眼神向它詢問是否記得甚麼。

四不像不耐煩地啪啪啪地瘋狂甩動一對長耳朵，生氣地表示它也不記得了。

「不用問了！」狄安娜打量着布布路，神情沉重地說，「跟之前的預備生一樣，布布路他們丟失了記憶，看來墓地一定出事了！」

狄安娜邊說邊疾步朝基地西面衝去，其他人不敢懈怠，趕緊跟上。

一進入墓地，所有人都呆住了——偌大的墓地裏一片狼藉，一座座墓碑橫七豎八地歪倒在地，幾棵粗壯的大樹甚至被攔腰截斷，斷面顯現出古怪的炭黑色，墳頭的泥土也全都散發出刺鼻的燒焦氣味。

布布路、朔月和十三姬臉色發青，眼皮亂跳，墓地裏到處都呈現出被雷劈過的樣子，一看就是四不像的「傑作」。

「布魯，布魯布魯！」像是在印證大家的猜測，那個罪魁禍首精神抖擻地坐在棺材頂上，一臉得意地用爪子拍打着布布路的腦袋，鼓噪着，仿佛是在炫耀它的「豐功偉績」。

而狄安娜充耳不聞地背對着大家，緊緊盯着甚麼。順着狄安娜的視線，大家這才後知後覺地發現，墓地裏的彌砂花全都異變成了黑色。

可是，在墓地巡邏的預備生，包括布布路在內，仿佛都受到一股無形之力的操控，全都離奇失憶了，沒有人能想起昨天晚上到底發生了甚麼，更無從得知彌砂花異變的原因。

同伴默契度測試

請問下面哪個不是四不像特有的招數？

A. 吞雷石吐雷電　　B. 吞火石吐火球

C. 吞糖水吐糖果　　D. 用耳朵抽打別人

答案在本頁底部，答對得 5 分，你答對了嗎？

■即時話題■

十三姬：聽說四不像是吞了雷石後，才能發出十字落雷，最近看它發大招前，都沒有吞雷石的步驟，這是怎麼回事啊？

布布路：哦，那是因為四不像已經能做到將吞下去的雷石能量存儲在體內一整天，不過如果四不像當天沒有機會釋放這些雷石能量，它就會在房間裏吐雷劈我……嗚嗚，說起來，那感覺真是……劈哩啪啦、刺啦刺啦的……

十三姬：布布路，你在說甚麼啊？我怎麼聽不懂呢？

朔月：哼，賤民就是賤民，說話那麼詞不達意，一點文學造詣都沒有。

四不像：布魯！（放雷電）

布布路（望着被電得暈頭轉向的朔月，撓頭）：啊呀，我其實覺得自己表述得挺形象啊！

完成這個測試後，你可以鑒定自己與四位主角的默契程度。
測試答案就在第十四部的 215 頁，不要錯過哦！

MONSTER MASTER +LOVE & DREAMS+

這是成為怪物大師的必經之路!!!

尊敬的讀者：現在你跟隨布布路一起踏上了成為怪物大師的道路！向所有的困難發起挑戰吧！

新世界冒險奇談

第五站 STEP.05

噬人檔案室

MONSTER MASTER 14

騎士甲蟲的求救信號

天色灰沉沉的，啟明星還沒有升起，大家的心頭也如同周遭的景致般被一層陰霾籠罩着。

嗡嗡，嗡嗡……

就在這時，前方不遠處有隻指甲蓋大小的甲蟲翕動着翅膀快速飛過來，原來是阿不思的怪物——騎士甲蟲。

騎士甲蟲不停地在半空中轉來繞去，像是喝醉了似的。

「騎士甲蟲這是怎麼了？」狄安娜看得暈頭轉向。

「它好像在不斷重複着同樣的飛行路線……」布布路最先看出端倪。

「飛行路線是三個字母 —— SOS！」十三姬補充道。

「SOS 不是求救信號嗎？」朔月大呼不妙，「難道阿不思遇到麻煩了？」

「快跟着走！」狄安娜急促地喊道，就見騎士甲蟲停止了繞圈，拍打着翅膀扭頭朝着來時的方向飛去了。

一路上，騎士甲蟲的身體不斷變小，到變成芝麻粒大小的時候，眾人來到了一棟長滿綠色爬藤植物的建築前，只見微小的騎士甲蟲在建築的大門口嗡嗡地盤旋了數圈後，終於消失不見了。這代表它的主人——阿不思的處境十分不妙啊！

「這裏是基地北面的檔案室，」狄安娜困惑地說，「阿不思為甚麼會跑進這裏面去？」

「其實阿不思之前就用騎士甲蟲給我們報過信，」朔月忙解釋道，「他覺得既然發現了基地裏面的檔案室，就想順便調查一下文書資料，查查有關那個從亡者之國歸來的預備生的怪談……」

「原來如此，」狄安娜點點頭，「我之前還奇怪十三姬怎麼就關心布布路，而不擔心同樣沒有按時出現的阿不思。」

說者無心，聽者有意，十三姬的臉一下子漲得通紅，好像一隻煮熟的螃蟹。

布布路卻渾然不覺，小心翼翼地推開虛掩的大門，低聲招呼道：「咱們趕快進去看看吧！」

消失的同伴

檔案室內部充斥着飛揚的灰塵和腐朽的发霉味，四壁和裝文書的檔案櫃全都是黑色的，書頁和檔案冊全都整齊地陳列在櫃子裏，桌子上的照明光石還亮着，一切井井有條，根本不像發生過甚麼危險的情況。

大家在檔案室裏謹慎地搜索了一番，並沒有阿不思和與他在一起的預備生的蹤影。

「真奇怪，」朔月的眉頭擰成一個疙瘩，低頭看向落滿灰塵的地面，「這裏只有進來的腳印，沒有離開的，也就是說，他們還在這間檔案室裏！」

這情況太詭異了，幾個人明明應該還在這裏，偏偏就是找不到了。

就好像……憑空消失了一樣。

十三姬心中湧起一股極其不祥的預感，而她的直覺一向都很準。

「噓！」突然，布布路朝大家比出一個噓聲的動作，「我好像聽到了奇怪的聲音！」

篤篤篤，篤篤篤……

陣陣微弱的敲擊聲從檔案室內側那堵漆黑的牆壁中傳出來，難道牆那邊有甚麼東西嗎？

「有人在那邊嗎？」布布路試探着問道。

篤篤篤，篤篤篤……

回答他的仍然只有空洞的敲牆聲，一下一下，仿佛敲在大家心頭上。

「牆壁後有密室之類的嗎？會不會阿不思他們不小心闖入了密室？」朔月不安地看向狄安娜。

狄安娜卻搖了搖頭，臉色煞白地說：「檔案室是對外開放的，從來沒建過甚麼密室，而且，如果我沒記錯的話，這堵牆後面……應該是空蕩蕩的懸崖。」

甚麼？懸崖！那麼，發出聲音的又是甚麼呢？狄安娜的話讓大家不由得背脊發涼。

「打開牆壁看看不就知道了！」布布路上前一步，舉起金盾棺材，猛地向着牆壁撞去。

預料中的轟然巨響和牆壁崩塌都沒發生，棺材剛觸及牆壁，布布路就立刻感覺到了不對勁。

金盾棺材根本就不像撞在堅硬的牆面上，而是如同陷入了泥沼一般。

「哇！怎麼回事啊？……」布布路疑惑的叫聲中，這堵奇怪的牆壁帶着強大的吸力，一點點將金盾棺材連同布布路一同拖了進去。

「布布路！」距離最近的十三姬慌忙上前，她從後面拉住布布路，想把布布路拉出來。

可即便十三姬使出吃奶的力氣，也絲毫對抗不了牆壁中那股神祕的吸力。轉眼間，布布路居然半個身子都陷進了牆壁裏。

「不好，快放開！」眼看十三姬的手也將陷入牆壁，布布路一把將她推開。與此同時，布布路自己加速往牆壁中移動。

情急之下，朔月一個箭步，抓住了纏繞着棺材一頭的鐵鏈，而狄安娜也一把拉住另一條鐵鏈，千鈞巨力頓時透過鐵鏈傳來，兩人滿頭大汗，手臂上青筋暴起，牙根都要咬碎了，可仍然無濟於事，根本就拉不住！

嘩——

力氣用盡的兩人手臂一軟，踉蹌地向後跌坐在地上，只能眼睜睜地看着布布路消失在牆壁中……

然而，更讓兩人始料不及的是，就在這短短的七八秒時間內，古怪的事情又發生了：剛剛還在兩人身邊的十三姬也不見了，只剩下一隻木屐掉在破舊不堪的書架前面！

不好，難道書架和牆壁一樣，都會把人吸進去？而阿不思等人也是這樣消失的？

狄安娜吞了下口水，她不敢相信，在自己熟悉的基地裏居然會有一處地方出現了這般詭異的陷阱。

朔月警惕地環顧四周，赫然注意到他們剛才進來的大門不見了，取而代之的是一堵陰森的黑牆。

「看來我們沒法離開這間檔案室了。」朔月心中警鈴大作，他感到有甚麼東西躲在暗處，打算將他們一網打盡。

彷彿是為了印證他的預感，周圍的牆壁、腳下的地面、一排排的檔櫃全都有如黑暗的水面一樣高低起伏、劇烈晃動起來……

檔案室正在變成一個虛無的黑洞！

驚險脫身

檔案室就好像一隻突然活過來的怪物，蠕動着，搖晃着，準備將身居其中的活人吞噬殆盡。

狄安娜和朔月感覺自己的雙腳猶如踏入了沼澤中，越是掙扎沉得越快，完全無法施展任何力道，一時間他們想不出任何對策，只能儘量保持不動，以減緩下沉的速度。

誰都不知道在被這間檔案室吞噬之後，裏面的人的生命能維持多久。

檔案室的晃動已經接近排山倒海般的程度，那些牆壁、地面和檔櫃正在向他們壓來。再這樣下去，整個檔案室都會被黑沉沉的「泥潭」填滿，他們將會無處可逃地被埋在其中。

「布魯！」就在這時，四不像怪叫着跳了出來。原來它剛剛偷偷躲在書架上打了個盹，轉眼間，自己的那個「笨蛋奴僕」竟然不見了蹤影。

看到四不像怪叫着跳了出來，朔月一下子感到頭痛欲裂，情勢已經驚險到事關生死的地步了，自己和狄安娜還沒有把握能解除這個可怕陷阱……哦，如今這隻不受控制、愛搗蛋的醜八怪怪物又跳了出來，情況恐怕只會雪上加霜。

果然，四不像瞪大了銅鈴般的雙眼，肚子高高鼓起，青色的十字疤痕隱約閃爍着紫色的光亮，它張開了大嘴，一連串的紫色雷光球從它咧開的大嘴中劈哩啪啦地噴出。

刺啦刺啦、轟隆轟隆……刺啦刺啦、轟隆轟隆……完蛋了！朔月心驚地看着紫色雷球在有限的空間炸裂開，流竄着，狠狠擊中那些頗有歷史的擺設。「嗚——」而動彈不得的他和狄安娜需要多麼強大的幸運度才能逃過被雷直接劈中的命運啊？

「原來真正把墓地搞得亂七八糟的……是這隻怪物啊！」

狄安娜恍然大悟，之前她還以為原本每天晚上偷偷摸摸作祟的敵人開始肆無忌憚地公然破壞基地了……

啪——！一聲巨響，一道耀目的紫色光芒突然沖天而起，兩人就算將眼皮緊閉都覺得刺眼。原來是擺放在桌上的照明光石被雷劈中，擊中光石的雷光球向光石釋放了巨大能量，而光石又將雷光球的能量轉化為光能瞬間釋放開來，產生了巨大的熱能，光石應聲碎裂，烈日般的光線瞬間充斥了整個黑暗空間，那光亮如果是在夜晚，估計能足足照亮整個十字基地！

怎麼回事？在這光芒照耀下，檔案室內那具備強大吸力的黑洞消失了，大門也重新出現了。

黑暗就像被燒焦的紙片一樣，隨着一陣吹進檔案室的勁風，四散開來，消失得無影無蹤。

隨着黑暗的褪去，堅固的牆壁、地面和檔櫃已經全都恢復了原狀。

被吸進牆裏的布布路一臉不明所以地緊貼在牆壁邊呆站着。四不像咆哮着撲向布布路，用長耳朵狠狠拍打他的腦袋，布布路疼得嗷嗷叫，人也隨之清醒過來。

「噢噢噢，原來我出來了！」

其他被困的預備生也一個個狼狽地從坍塌的土石和泥塊中

爬出來，劫後餘生般感慨着——

「憋死了，我都要窒息了！」

「嗚嗚，還以為這下子要完蛋了呢……」

「終於得救了！能見到大家太好了！」

只有被騎士甲蟲環繞的阿不思輕描淡寫地說道：「身處完全的黑暗之中，被剝奪了五感，其實也是一種不錯的修行。」

見人都到齊了，狄安娜立刻招呼大伙兒離開：「我們先離開這裏，出去再說！」

新世界冒險奇談

第六站 STEP.06

沒有名字的墓碑

MONSTER MASTER 14

被撕掉的日誌

一行人灰頭土臉地離開檔案室，一個威爾榭基地的預備生聲音嘶啞地回憶起之前發生的事：「我們跟阿不思來到檔案室後，全神貫注地開始翻找資料，等察覺到情況不對的時候，一切已經來不及了！不過幸好阿不思反應快，在我們被牆壁徹底吞噬前，他釋放出騎士甲蟲，令它的分身出去求救。」

「你們聽到的敲擊聲，就是我們試圖給你們發出的警告。」另一個預備生補充道。

「原來如此……沒想到檔案室裏會有陷阱……不過這也許正代表檔案室裏存在着值得設置陷阱的東西……」朔月用價值不菲的蠶絲手絹抹着髒兮兮的臉龐，若有所思地咕噥道。

「沒錯，在下的確有所發現！」阿不思的聲音從大家身後幽幽響起。

眾人的目光齊齊落到阿不思身上，就見阿不思覆蓋全身的披風微微起伏，兩本殘破不堪的書卷出現在眾人的面前，阿不思慢悠悠地開口道：「在下被拖進文件櫃的前一刻，發現檔櫃的暗格裏面還藏着兩份陳年檔案。各位請看——」

狄安娜接過其中一份，迅速翻閱幾下，隨即指着一個殘缺頁，狐疑地說：「這是我曾祖父科里森入學那年的預備生檔案，

這一頁怎麼被撕掉了?」

說着，她又慎重地翻起另外一份:「這份是相隔數年後的基地日誌，是由值班的預備生記錄的，日誌也被撕掉好幾頁，不過沒撕乾淨。」

大家忙湊過去瞧，只見被撕去的地方，果然掛着幾片沒撕乾淨的紙屑，上面殘留着一些斷斷續續的字句:

一個星期以來，基地裏的彌砂花全都離奇地變成黑色……

我不知道自己見到的究竟是現實，還是幻覺，但那個從亡者之國歸來的人，卻時常出現在我的夢中……

雖然日誌的內容支離破碎，卻在布布路他們心中激起層層巨浪，尤其是最後一句中提到的「亡者之國」「歸來」……

駭人的字眼和預備生復活的怪談不謀而合，難道世界上真的有人能逃過死亡的宿命，從亡者之國復活歸來嗎？

懸崖下的墓碑

在阿不思找到的兩本陳年檔案中，發現了與預備生死而復活的怪談有關的線索。

「可怕的陷阱加上被撕去的關鍵記錄，對想要抹去相關線索的人來說是個雙保險的方法。」朔月合理地推斷道。

「喂！你們快過來看……」布布路的聲音遠遠地傳來。

朔月循着聲音抬頭一看，發現布布路正倒掛在樹梢上，指着甚麼。

讓人心驚的是，那棵樹長在危險的懸崖邊，而四不像竟然還不知死活地在布布路身上跳來跳去，這恐怖的場景讓布布路看起來命懸一線。

朔月焦急地大聲喊道：「你是野猴子嗎？快下來！」

「小心啊！」十三姬更是被嚇得頭暈目眩，面無血色。

幾個人趕緊衝過去，七手八腳地把布布路拉下來。

想到大家在認真查閱檔案的時候，布布路這傢伙居然還有心情爬到樹上看風景，朔月氣得七竅生煙，正準備教訓布布路，但他身邊的狄安娜卻默不作聲地走到了懸崖邊上，低頭看着甚麼。

大家順着狄安娜的視線看去，只見懸崖下百米處那凸出的亂石堆上，隱隱露出一塊石碑。

「那是……一塊墓碑！」狄安娜用力咽了口唾沫，詫異地說。

在基地，所有墓碑都是由這種青金石製成的，所以她一眼就認了出來。

但是眼前這段懸崖完全沒有下行的路徑，崖底吹上來的風凜冽凍人，吹得人心生寒意，而那伸出崖壁的山石如同一支支匕首，駭人極了。要是一個不小心從懸崖上跌落，定然粉身碎骨！

阿不思隊伍裏的其他預備生也感覺到了不對勁，探頭探腦地小聲議論起來——

「基地所有的墳墓不是都建在西邊的墓園裏嗎？為何南面的懸崖上會有一座孤零零的墳墓呢？」

「而且，誰會在這麼恐怖的懸崖上建墳墓啊？」

「難道，這墳墓裏埋葬的人有甚麼特別之處嗎？」

「這懸崖如此險峻，一腳踏空就……」

這邊預備生話音未落，那邊布布路已經開始行動了，他退後幾步，解開身上的金盾棺材放在一邊，手裏拽着繫在棺材上的鐵鏈，助跑了幾步，嗖的一下飛身跳下了山崖。

等其他人回過神來往下看的時候，布布路已經安全着陸，笑嘻嘻地在山腰上朝大伙揮着手。

朔月對布布路不可救藥的笨蛋行為，再次長長地歎了口氣。

而狄安娜走過去，拉了拉連接着金盾棺材的鐵鏈，一拉之下她立刻露出了難以置信的表情，這棺材異常沉重，難以想像那個貌不驚人的小子竟然能輕鬆地背着它四處奔跑……看來獅子堂會推薦他來不無道理。

狄安娜定了定神，確認鐵鏈完全能承受她的體重後，順着鐵鏈滑了下去。

其他人也陸續效仿狄安娜順着纏在金盾棺材上的鐵鏈往下降……

風吹得鐵鏈搖搖晃晃，懸崖比想像中的還要難走，掛在鐵鏈上的預備生們戰戰兢兢地避開刀鋒般的岩石，不知道剛剛縱身躍下的布布路究竟使用了甚麼神奇的方法，才能在下落的瞬間避開這些致命的危險。他們心中不約而同地產生了同樣的想法：摩爾本十字基地的精英真是了不起啊！

以至於等大家降到山腰時，看布布路的眼光已經完全不同了。

遺憾的是，當事人布布路絲毫沒有察覺到預備生們飽含着崇拜的熱切眼神，正全神貫注地搬着那些覆蓋在墓碑上的亂石。

眾人忙湊過去幫忙，撥開那堆嶙峋的亂石，一座孤零零的石碑完整地露了出來。

奇怪的是，墓碑上原本應該刻着逝者名字、生卒日期的地方，只剩光禿禿的一片凹痕，顯然是有人故意磨去了這些信息。

不過，在墓碑的一角，立碑者的悼詞依然清晰可見：

僅以此碑，紀念我此生最重要的戰友、最默契的同伴、最思念的朋友。

願逝者安息。

——科里森·威爾榭

讓人疑惑的空棺木

科里森‧威爾榭？

「天哪……這是一座由我曾祖父親自立的墓碑！」狄安娜震驚地喃喃自語，「聽說我的曾祖父是個怪人，他是威爾榭家族中的異類，關於他的記錄少之又少，這是從小在基地長大的我第一次見到曾祖父親自立的墓碑。」

「怪人？難怪會在懸崖建墓碑！」朔月摸着下巴說。

而狄安娜用力皺着眉頭，變黑的彌砂花、亡者復活的傳說、被撕掉的檔案、沒有名字的墓碑……這一切背後究竟隱藏着甚麼秘密？

狄安娜感到紊亂的思維像流星般劃過她的腦際，突然，她想到了甚麼……

亡者復活的傳說不是正跟科里森擔任院長的這段時間吻合嗎？想到這裏，狄安娜心中難以自制地湧起一股衝動，她想要打開棺木，看看裏面究竟埋藏着甚麼人……

下一秒，布布路代替她說出了心中所想：「我們能打開棺材看看嗎？」

開棺？預備生們倒抽了一口涼氣，竊竊私語起來——

「挖墳開棺，未免對逝者太不敬了吧……」

「可是，說不定這特別的墳墓裏藏着甚麼重要資訊呢！」

「對啊，我們好不容易下來了，可不能這麼回去。」

就在這時，狄安娜抬了抬手，沉聲道：「開棺吧！此事關係基地的命運，顧不了那麼多了！」

「好嘞，讓我來！」布布路雙手合十站到墳堆前面，表情肅穆地唸道：「飄浮於世間的幽靈啊，請將所有迷茫與困惑，憎惡與悲傷……一切皆依自然之理歸於塵土吧……」

隨後，布布路從棺材中拿出一把鐵鏟，輕車熟路地在墳頭上挖了起來。

一時間，塵土飛揚，不得不說，忽略心頭的古怪和忌憚，布布路的挖墳動作真是行雲流水，十分帥氣。很快，方方正正的墓穴被挖開，黑黝黝的棺木露了出來。

大家正準備合力將棺木抬起來，不料，剛一使力，就全都大吃了一驚，這具棺木的重量顯然不對勁！布布路推了推棺蓋，除了陳年的灰塵，敞開的棺木之中空空如也，甚麼都沒有。

「這是一具空棺！難道……」狄安娜渾身僵硬，硬生生將後半句話吞了回去。

不過，即使她不說出來，大家也有了同樣的猜測：難道，傳

說是真的，而這石碑上抹去的名字和撕掉的檔案就是這空棺木中復活的亡者幹的嗎？

威爾榭基地的預備生們神色不安地面面相覷，氣氛變得十分凝重。

突然，布布路高高舉起手來，一臉好奇地問：「不知道那個被復活的預備生後來怎麼樣了呢？」

「後來？」狄安娜啞口無言，雖然時隔久遠，但預備生復活這種離奇之事，除了剛剛那兩份被破壞的檔案，就再沒任何相關資料了，好像這個人只存在於傳說中一般。

狄安娜正凝眉思索，一直如雕像般的阿不思突然開口，回答了布布路：「復活亡者是違背人類自然規律的行為，是禁忌的領域……強行延續的生命大抵最後也沒甚麼好結果吧……」

「問題是，現在基地的彌砂花正在變黑，如果這就是亡者復活的先兆，說不定基地裏有人正在暗中計劃要復活某個人物……而且對方行蹤鬼祟，恐怕那被復活的對象也非善類……」朔月盯着空蕩蕩的棺木，若有所思地說。

「可是，是誰在暗中作祟呢？」十三姬用力皺着眉。

「躲在暗處的敵人十分聰明，把我們能找到的所有線索都切斷了……」狄安娜不安地抬頭看了看天空，見天色漸亮，

她調整了一下呼吸，朗聲說道，「學園祭就要開始了，我們先上去再說吧！」

在狄安娜的帶領下，眾人心情沉重地順着鐵鏈返回懸崖上，誰也不知道，一個不祥的黑影正在暗處窺視着他們……

同伴默契度測試

請問以下哪一項不是布布路擅長的技能？

A. 唱歌　　B. 挖墳　　C. 提問　　D. 考試

答案在本頁底部，答對得 5 分，你答對了嗎？

■即時話題■

阿不思：布布路君真是個才華橫溢的人，在下十分佩服！

朔月：呵呵，你是指他能像猴子那樣利索地爬樹，還是說他會像青蛙一樣聒噪煩人？

十三姬：朔月，你講話太難聽了！布布路會爬樹是因為手腳靈活，愛說話是因為思維靈活！

朔月：哼，明明是你太維護他了！

阿不思：兩位不要吵了！在下佩服的是布布路君那行雲流水般的專業挖墳動作……想來，這就和在下修煉武術一般，需要經年累月的堅持，在反復的失敗中淬煉出成功的果實……

朔月：喂喂喂，他只是挖了個墳，你這誇耀的程度上升得太高了！

布布路：嘿嘿，這沒甚麼啦！我爺爺說過，要幹一行愛一行，這都是我應該做的。

狄安娜：布布路，那我能拜託你把墳再填回去嗎？我們之中也只有你最厲害了，我相信你一定能將這座墳完美地恢復原樣！

朔月：我的天……大家都被他的挖墳技術給迷住了嗎？

完成這個測試後，你可以鑒定自己與四位主角的默契程度。
測試答案就在第十四部的 215 頁，不要錯過哦！

MONSTER MASTER +LOVE & DREAMS+

這是成為怪物大師的必經之路!!!

尊敬的讀者：現在你跟隨布布路一起踏上了成為怪物大師的道路！向所有的困難發起挑戰吧！

答案：D

新世界冒險奇談
第七站 STEP.07

封鎖令

MONSTER MASTER 14

倒數計時！學園祭即將開幕

狄安娜和布布路他們走了沒多遠，奇拉翁就腳步匆匆地趕來了，他壓低聲音如同耳語般向狄安娜報告道：「不好了，種植在食堂後面、中央廣場、武術訓練場和怪物醫療室這幾個地方的彌砂花也全都變黑了……」

加上墓地的話……一夜之間，基地中的彌砂花全都變黑了……狄安娜在心中盤算着，她神情陰鬱，看起來烏雲罩頂，和頭頂碧藍如洗的天空形成鮮明的對比。

是啊，這本該是個舉行學園祭開幕式的好天氣，但盡數變黑的彌砂花就像完成倒數計時的沙漏般提醒着她，某個陰謀即將浮出水面。

被復活的亡者是誰呢？會對基地產生威脅嗎？狄安娜憂心忡忡，腦袋裏像纏滿了亂麻。

「再有不到一個小時，學園祭就要開幕了，如果在眾目睽睽之下出甚麼亂子，基地的名譽就會掃地了……我們該怎麼辦呢？」奇拉翁愁容滿面地看着狄安娜，小心翼翼地問道，「還是說，學園祭開幕式應該延遲舉行？」

其他知曉此事的預備生們也都心神不寧，彷彿在說，今天的學園祭開幕式真的能順利舉行嗎？

面對眾人欲言又止的模樣，狄安娜深吸一口氣，像是告誡大家，又像是自我鼓勵般說：「這次來參加學園祭開幕式的賓客除了預備生的親友們，還有來自藍星各地的貴賓以及各大報刊的記者，如果這個時候宣佈取消學園祭，肯定會引來外界的非議和猜疑。儘管我很擔心爸爸的身體，但事關威爾榭基地的百年聲譽，不能再隱瞞了，我這就去找爸爸商量一下對策。」

有經驗豐富的索納比院長出馬，困難必定能迎刃而解。

聽了狄安娜的話，眾人暗暗鬆了一口氣，布布路舉起手大聲說：「我們陪你一起去！」

「索納比院長身體虛弱，不適合接見這麼多人。」朔月一口否決了布布路的提議，「況且，你和你的怪物就只會添亂！」

說着，還用警告的眼神瞟了瞟悠閒地爬到樹上摘野果子吃的四不像。

布布路心虛地低下了頭，一反常態地閉緊了嘴巴。

「那我就先帶他們去會場吧，現在基地的預備生們都忙着為學園祭開幕式做最後的準備工作，我會注意維持基地裏的秩序。」奇拉翁用眼神示意狄安娜放心。

於是，一行人兵分兩路，狄安娜獨自去向院長做彙報，布布路他們則在奇拉翁的帶領下向着作為學園祭表演場地的中央廣場走去。

這時，中央廣場上早起的預備生們早已忙得熱火朝天。

林蔭道兩旁的樹木上全都紮上了鮮豔的彩帶，威嚴的建築和防禦塔上也掛滿歡迎橫幅，連那尊嚴肅的南登・威爾榭的雕像也戴上了花環。預備生們個個穿戴一新，怪物們也梳洗打扮得整潔乾淨，到處都洋溢着節日來臨前的喜悅和歡樂氣氛。

只是隨着布布路一行人的出現，眾人的神情皆是從大驚到嫌棄再到困惑，並忍不住交頭接耳地議論起來——

「甚麼情況？這麼臭，簡直就像是在垃圾堆裏打過滾的樣子！」

「你不知道嗎？最近基地好像發生了一些奇怪的事……這可是和黑色彌砂花的怪談息息相關！」

「嘖嘖，之前就有巡夜的預備生倒在垃圾堆裏，只不過這事被狄安娜壓下來了！」

「今天的學園祭真的沒問題嗎？我可不想在爸媽面前丟

臉……」

世界上沒有不透風的牆，看來有關「亡者復活」的一系列事件，多多少少還是走漏了一絲風聲。

奇拉翁一向溫和的臉上浮現出一抹慍色，他用力瞪向那些預備生，大聲呵斥道：「安靜，不許散播謠言！」

整個中央廣場瞬間鴉雀無聲，所有人都錯愕地看向奇拉翁。但這安靜只持續了數秒鐘，預備生們的議論聲便又開始此起彼伏，更有甚者開始當面質問：

「奇拉翁你發甚麼脾氣？難道基地裏真的出事了？」

「狄安娜去哪兒了？她該給我們解釋一下，為甚麼基地的彌砂花全都變黑了？怪談是真的嗎？」

奇拉翁的臉色像剛刷好的牆壁一樣慘白慘白的，看得出來，他很想替狄安娜平息謠言，結果反而引發了猜忌。精英隊三人的立場又不方便插言，只能尷尬地杵在原地。

就在空氣彷佛凝固起來的時候，「布魯！布魯！」四不像突然瞪着銅鈴般的眼睛，鼻孔用力地翕動着，一臉陶醉地朝着一個方向飛奔而去，一路上撞倒了不少預備生。

布布路動了動鼻子，是美食的香味……不好，他的怪物又要闖禍了！

布布路不好意思地回頭，誰料，精英隊的三人和奇拉翁正目光閃爍地看着他，布布路揉了揉眼睛，懷疑自己是否看錯了，為甚麼對於四不像的這一次胡來，大家眼神中傳達的竟然是「幹得好」的讚賞之意啊？

哎呀呀，粗神經的布布路可沒辦法理解，不管了，先追到四不像再說吧！

狄 安娜的決心

四不像的意外之舉，讓奇拉翁暫時擺脫了被預備生們「羣起攻擊」的局面，一行人跟着布布路，不，是跟着四不像一路衝進了威爾榭基地的食堂。

琳琅滿目的水果拼盤、櫻桃蔓莓夾心蛋糕、噴香撲鼻的黃油乳酪、熱騰騰的巧克力醬、黃澄澄的深海鰻魚條、烤得金黃酥脆的火腿、五彩繽紛的鮮榨果汁……這些擺放在鋪着金邊絲絨桌布的長餐桌上的豐盛美食正在落入一隻醜八怪怪物的口中，而預備生們不時發出陣陣慘叫。

「布——布——路——」朔月額頭青筋暴跳地衝布布路吼道，「管好你的怪物！」

「哦！」布布路正啃着鰻魚條，口齒不清地說道，「四不像，這些餐點都是為學園祭準備的，不能隨便吃啊！」

布布路的態度看起來隨便極了，而四不像更不會把「僕人」的話聽進去，繼續風捲殘雲地掃盪桌上的食物。

咻——食堂的大門突然被一道疾風從外面頂開了，猛烈的風勢一股腦兒灌進食堂，有如一道筆直的閃電襲向四不像。

就見四不像如同一顆流星般，被彈得飛離桌面，準確無誤地掉進了布布路的懷中。

「狄安娜！」奇拉翁眼前一亮，像黑暗中的人看到光明一般看向食堂的門口。

狄安娜目光嚴肅地掃視了一圈，被她看過的地方，所有人都自動消音，只有四不像不高興地在布布路的懷裏扭動着，對狄安娜怪叫不停。

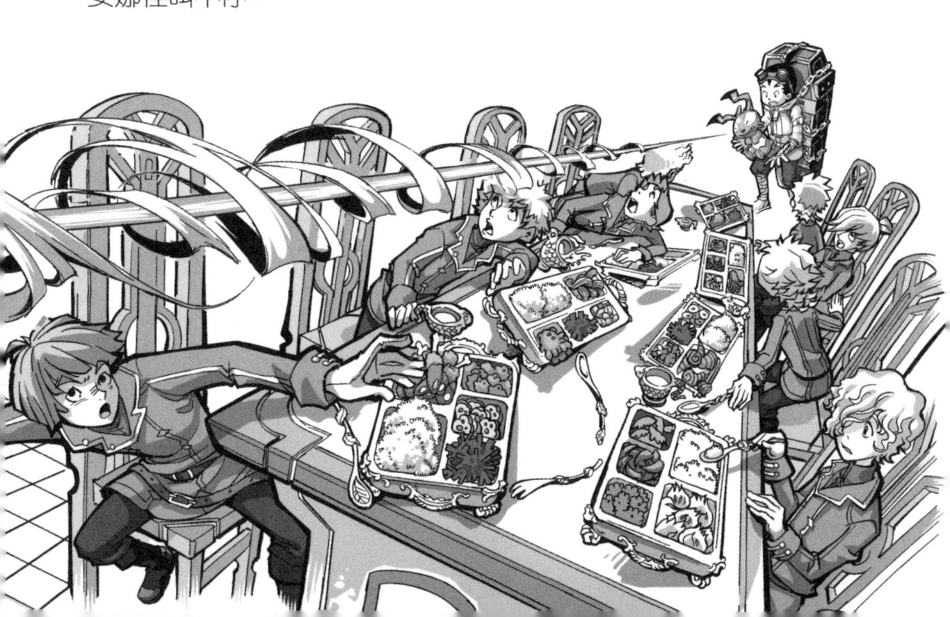

「這是我第一次主持學園祭，如果有甚麼地方做得不好，希望大家能多多提醒，學園祭結束後，我會虛心檢討自己。但是，我絕不容許有人破壞威爾榭基地的聲譽！」一片安靜中，狄安娜語氣威嚴地開口了，她的聲音雖然不大，卻充滿了令人膽寒的穿透力，「請大家抓緊時間做最後的準備工作，誰也不許懈怠，我希望每一個來到威爾榭基地的賓客，都能吃到最用心準備的餐點，觀看到最精彩的演出，都聽懂了嗎？」

女王大人的威信讓食堂裏很快恢復了井然有序的忙碌氣氛，也讓外面圍觀的預備生收起了不安和猜忌，重新投入到工作中。

「布魯！」四不像眼見氣氛不適合自己繼續鬧騰，順爪抓撈起幾串魚丸，另一爪捲起一個大草莓蛋糕，咻的一聲鑽進棺材裏「閉棺大嚼」去了。

「狄安娜，聽你剛才的話，是打算如期舉行今年的學園祭嗎？」十三姬關切地詢問。

「爸爸也認為這個時候取消學園祭不妥，所以學園祭會按原計劃舉行。」狄安娜壓低聲音說，「不過，為了確保萬無一失，他建議在學園祭期間發佈封鎖令。」

「封鎖令？」布布路和精英隊三人緊張地豎起耳朵。

「首先，要嚴格核對參加學園祭的賓客身份，沒有邀請函的人一律禁止進入基地；其次，在學園祭期間實行門禁，沒有院長的許可，任何人都不許離開基地；第三，派預備生組成巡邏隊，在基地各處執勤，不放過任何可疑的人和事。」

狄安娜正色道，「而且，這一切都必須暗中進行，不能讓賓客們察覺。」

因為大部分預備生都要參與學園祭的演出，所以能參與到封鎖行動中的人手十分有限，布布路和精英隊的三人相視一眼，覺得肩上的責任十分重大。

監控與警報

「歡迎來到威爾樹基地！」

威爾樹基地的大門口，列隊歡迎的預備生們喊出整齊劃一的口號，鼓樂隊奏響了歡慶的樂曲，禮儀隊也捧出了一束束鮮豔的花朵，笑盈盈地送給每一位賓客。

「歡迎各位遠道而來的貴賓蒞臨威爾樹的學園祭，我們將為您奉上最精彩的演出和最賓至如歸的款待，」狄安娜一掃女王大人的冷傲形象，滿面笑容地迎向賓客們，爽朗而熱情地高聲說，「為確保學園祭的安全和順利進行，在進入基地前，我們將核查各位貴賓的邀請函，希望大家能體諒並配合！」

賓客們自覺地排成縱隊，出示手中的邀請函，有序地進入基地。

奇拉翁和負責領位的預備生們笑容可掬地將賓客帶到觀看演出的觀眾席中入座。

作為學園祭的主場地，中央廣場上張燈結綵、花團錦簇，圍繞着舞台一圈的觀眾席，則全都鋪上了天鵝絨軟墊，賓客們一落座，就立即有負責招待的預備生端出精緻的茶點，兒童還會收到可愛的玩具作為小禮品。

盛情款待之下，每一個賓客都喜笑顏開，觀眾席上充滿歡聲笑語。

「哇！學園祭真是好熱鬧啊！」在觀眾席後方的一座高塔中，依舊一身臭味的布布路正透過單向晶石玻璃向外觀望，口中嘖嘖讚歎不已。他和精英隊三人被安排在這裏暗中監控主會場，不能放過任何可疑的風吹草動。

「是啊，今年的賓客數量好像比去年還多，」十三姬略顯驕傲地說，「威爾榭基地的學園祭的名氣越來越大了。」

「到目前為止，一切看起來都還不錯，不過——」朔月話鋒一轉，「有句話叫樂極生悲，最糟糕的事情總是發生在最快樂的時候，我們要時刻保持警惕。」

「……」阿不思面無表情地望着蜂眼，也不知是看得太入神，還是又禪定去了。

監控室裏十分安靜，只有布布路背後的棺材裏不時傳出四不像吃飽喝足後的酣睡呼嚕聲。布布路四人目不轉睛地監視着廣場的每一個角落，花圃中那一叢叢搖曳的黑色彌砂花，提醒着他們，暗處也許有甚麼陰謀蠢蠢欲動，千萬不能掉以輕心。

嘀嘀，嘀嘀，嘀嘀……

突然間，監控室內警鈴大作。

「警鈴是從基地的大門口發出的——」十三姬話音剛落，布布路已經化作一陣風，衝出了監控室。

該來的終於來了嗎？精英隊三人心急火燎地跟着布布路，朝基地大門口跑去。

遠遠地，他們就發現情況不妙，此時前來參加學園祭的賓客都已入場，可大門卻沒有關閉，迎賓和守門的預備生們全都黑壓壓地圍堵在門口。

新世界冒險奇談

第八站 STEP.08

動搖人心的重要情報

MONSTER MASTER 14

疾風！強行闖入的不速之客

布布路和精英隊心急地撥開人流，想要一探究竟，可這裏三層外三層的嚴密架勢，讓他們很難進入到包圍圈的中心。

「甚麼情況？」狄安娜一臉烏雲罩頂的神情出現在大家身後。朔月無奈地攤了攤手，表示不清楚。

「是誰？竟敢在威爾榭的地盤上撒野！」隨着狄安娜的厲聲呵斥，佩戴在她胸前的寶石胸針突然閃出一抹白光，緊接着，一道半透明的白色氣流從胸針裏盤旋而出，精準地穿過層層人牆，呼嘯着向包圍圈中心襲去……

「哇噢！是剛剛食堂那招的強化版！」布布路的眼睛瞪得比皮球還圓。

轟！盤旋的白色氣流生生掀起一團風暴，在人羣的尖叫聲中，一輛紅色的甲殼蟲瞬間被彈射到幾十米高的空中。

甲殼蟲上，三個熟悉的人影映入眼簾，坐在前面的金髮少女頭戴獸角，後面的面具少年腦後拖着長辮子，還有一個面無表情的傢伙被暗紅色披風包裹着……

「噢噢，那是大姐頭、餃子和帝奇啊！」布布路心驚肉跳地望着被氣流推送得更高的甲殼蟲，語無倫次地大叫，「狄……狄安娜，他們……啊啊啊……是我的同伴……啊啊啊！」

「救……啊啊啊……救命啊啊啊……我……啊啊啊……有恐高啊啊啊……症啊，啊啊啊！」高空中，像是在呼應布布路，遠去的餃子也在氣流的衝撞下發出斷斷續續的哀號。

十三姬目瞪口呆，連雕像狀的阿不思也從喉嚨深處發出不明所以的感歎：「咕嘰……」

看着狄安娜越蹙越緊的眉頭，朔月滿頭冷汗地小聲解釋道：「不好意思，那三個人確實是摩爾本十字基地的預備生，也是布布路的隊友，他們突然來訪也許是有甚麼……重要的事……」

朔月越說聲音越小，「重要的事」四個字幾乎快要咽回嗓子眼兒裏，因為他才不相信吊車尾小隊的三個賤民能有甚麼重要的事，鬼知道他們是不是發神經跑來搗亂的。

「哦？」狄安娜一揚手，托舉着甲殼蟲的白色氣流無聲無息地散去了。

「啊——」餃子的亂嚷瞬間化成一聲拉長的尖啼。

眾目睽睽之下，失重的紅色甲殼蟲在半空中咻的一聲筆直墜落，幾秒鐘後，就聽轟的一聲巨響，甲殼蟲重新掉回預備生的包圍圈裏。

緊接着是咚咚咚三聲鈍響，餃子三人也不偏不倚地跌回車座上。

吊車尾小隊登場

「大姐頭，餃子，帝奇！」布布路擔心地撲向摔得七葷八素的同伴們，「你們沒事吧？」

「布布路！威爾榭基地的人真不友好，竟敢掀翻我的甲殼蟲！」看到布布路，賽琳娜鬆了一口氣，兩條腿像麪條一樣顫巍巍地迎上來，而餃子一如既往有氣無力地掛在車門上，不停乾嘔。

「你們是因為擔心我，才特意趕來看我的嗎？」布布路一臉羞澀地問道。

「笨蛋到哪裏都是笨蛋，沒甚麼可擔心的。」帝奇照例板着臉。

「嗚嗚，雖然只過了一天，可是我很想念大家啊！」布布路委屈地癟着嘴。

「哼，你們一定是想來湊熱鬧參加學園祭，長長見識吧？」朔月在一旁揶揄道。

「長見識很簡單，長個子就難了。」帝奇意味深長地低頭掃了朔月一眼。

「賤民，竟敢嘲笑我的身高！」朔月急得青筋暴起，氣呼呼地在比自己高出一大截的帝奇下巴底下蹦來蹦去。

「不要吵了！」狄安娜冷冷地打斷他們，「如果我沒記錯，你們並沒有邀請函，為何私闖威爾榭基地？」

「這位是威爾榭基地的預備生委員會主席，也是下一任院長繼承人——狄安娜。」十三姬忙見縫插針地做介紹，「狄安娜，這三位是布布路的隊友，賽琳娜、餃子和帝奇。」

朔月心有餘悸地衝餃子三人使眼色，暗示他們自求多福。「咳咳，事情是這樣的……」餃子最擅長察言觀色，馬上從朔月的眼神中領會到狄安娜是個不好惹的狠角色，連忙恭敬地上前

一步，打算向狄安娜解釋自己的來意。

可他才開了個頭，就被人打斷了。

「狄安娜！」奇拉翁上氣不接下氣地跑過來，附在狄安娜的耳邊小聲嘀咕了幾句。

「我知道了。」狄安娜的面色更陰沉了，煩躁地轉頭對布布路交代道，「照顧好你的同伴，別再讓他們給我添亂！」

說完，狄安娜就跟着奇拉翁腳步匆忙地朝着中心廣場走去。布布路幾人和精英隊相互看看，趕緊跟了上去。

一來到中心廣場，布布路他們就明白奇拉翁為甚麼心急了，原來現在已經到了學園祭開幕式開始的時間，賓客們都等不及要觀看演出了。

觀眾席裏不時發出不耐煩的催促聲，受邀而來的報社記者

們趁機到處挖掘八卦新聞，而在後台準備的預備生也迫不及待地不時探出頭張望。

狄安娜倉促地理了理衣裝，從奇拉翁手中接過「開幕詞」的稿子，昂首登上舞台。

「各位賓客大家好，歡迎大家光臨這每年一屆的盛會。一年來，威爾榭基地的預備生們每日都刻苦訓練，將歡笑與淚水灑滿每處，努力朝着怪物大師這閃光的夢想前進。為了實現這一夢想，我們以勇氣為矛，刺穿黑暗；以毅力為盾，抵擋陰霾……而今天，我們將在這裏向大家展示這成果……」

狄安娜的聲音彷彿帶着一種不可思議的魔力，廣場上所有嘈雜的聲音在這一刻全都消失了，大家全都聚精會神地聆聽着她的演說。

數分鐘後，狄安娜結束了開幕致辭，震耳欲聾的掌聲和歡呼聲中，學園祭開幕式的表演拉開了序幕。

八卦採訪大會

狄安娜長舒一口氣，走下舞台，布布路他們急忙迎上去。沒承想，還沒靠近狄安娜，一大羣人突然一窩蜂似的撲了上來，瞬間就把狄安娜團團圍住了。

「哇！」猝不及防的布布路他們被這些人撞得東倒西歪。

布布路滿頭小星星地定睛看過去，頓時露出奇怪的表情：「這些是甚麼人啊？」

這羣人要麼肩扛千奇百怪的攝像蜂眼，要麼手舉奇形怪狀的擴音蟲話筒，一個個眼珠子像一萬瓦的電燈泡一樣閃閃發亮。其中一個瘦竹竿似的年輕人腦門上還綁着一根寫有「八卦無罪，娛樂至上」口號的紅布條，一副「不達目的誓不甘休」的亢奮嘴臉。

「這些人是八卦記者，這下可麻煩了。」餃子半是擔憂半是炫耀地摸着下巴，「當年在青嵐大陸的時候，作為一名英俊的小王子，我也曾是八卦記者的『寵兒』，一旦被他們纏住，就很難脫身了啊。」

「這些人最會無中生有，搬弄是非。」說起八卦記者，帝奇目露兇光，他曾經在題為《令人疑惑的繼承人》的新聞中擔任主角。

精英隊三人更是咬牙切齒，作為摩爾本十字基地精英班的佼佼者，他們無一倖免被八卦記者騷擾過……

伴隨着一陣咔嚓咔嚓的閃光燈聲音，一支支話筒齊齊伸到狄安娜面前，有幾隻蒼蠅形狀的話筒都快塞進狄安娜嘴巴裏了，問題像連珠炮似的朝着狄安娜轟炸：

「狄安娜小姐，這是你第一次獨自主辦學園祭，你覺得你的表現怎麼樣？」

「這麼重要的儀式，索納比院長為甚麼沒有露面呢？」

「作為明日之星，狄安娜小姐的身高、體重、三圍、星座、血型可以透露下嗎？我們可以給您拍一套個人寫真嗎？」在有如狂風暴雨般的犀利提問之下，狄安娜的眉頭越擰越緊，腦門兒幾乎要冒出煙來。糟糕，女王大人的忍耐力快要到達極限了，布布路他們都有一種山雨欲來的不祥預感。

「不好意思，學園祭期間工作繁多，狄安娜還有很多事情要處理，不能奉陪了。」就在狄安娜的情緒瀕臨爆發的時候，奇拉翁及時走到她身邊，大聲對記者們說，「狄安娜已經委派我做她的發言人，配合大家完成採訪，請各位放心，我會盡全力回答大家的提問！」

在奇拉翁的眼神示意下，布布路他們忙上前充當起「保鏢」，強行將狄安娜從記者的包圍圈中「搶救」出來，一路「護送」她走出喧囂的是非之地。

有奸細？！

嘩啦啦，嘩啦啦……

「哇！大姐頭，輕一點，好涼啊！」

「布魯，布魯布魯！」

觀眾席後方的監控高塔裏，隱隱傳出一陣嘰哩呱啦的慘叫聲。

布布路和四不像被一臉兇相的賽琳娜逼到塔台背面的露台上，水精靈正源源不斷地朝他們兩個狂噴水柱，沖洗他們身上的惡臭味。

而狄安娜從蜂眼中看着在廣場上自如應對記者提問的奇拉翁，不由得臉頰微紅，似乎很懊惱自己剛才的表現。若不是奇拉翁及時幫她解圍，她剛才險些就在眾目睽睽之下情緒失控了。

「咳咳！」餃子瞅準時機清了清嗓子，在狄安娜轉過身面對自己之後，嚴肅地說，「我們會不請自來闖入威爾榭基地，其實事出有因。昨晚是布布路第一次自己做任務，所以我們讓他在巡夜的時候把卡卜林毛球保持在通話狀態。在毛球裏，我們聽到一些不尋常的狀況，後來就沒聲音了……這讓我們很擔心……」

狄安娜頓時眼前一亮，問道：「你們聽到了甚麼？」

「昨晚的情況很詭異，我們想先聽布布路講述一下他的經歷。」餃子沒有直接回答狄安娜的問題。

「是這樣的……」布布路趕緊應聲，把自己和巡夜小隊集體失憶的情況以及亡者復活的傳說快速說了一遍。聽完後，餃子三人互看一眼，露出了「原來如此」的眼神，仿佛印證了他們的某些推斷一般。

「這麼說來，我們要提供的恐怕是這次事件最直接重要的信息了。」餃子面具後的狐狸眼轉了轉，繼續說，「通過卡卜林毛球，我們聽到，布布路和巡夜的預備生在墓地裏發現了一條奇怪的河流，似乎有甚麼人使了一些手段，導致布布路他們最終全都昏迷過去了。在卡卜林毛球另一頭的我們不管如何呼喚，布布路都再沒回應，所以我們心急地連夜趕了過來……」

「河流？我的天！跟之前失去記憶的預備生們的夢境一樣！這麼說，那不是夢，而是真實的！」狄安娜震驚地說。

「而且，我必須要提醒你，更重要的是，根據布布路說的一些話，我們推測布布路認識那個人，」餃子托着下巴，老謀深算地沉吟道，「而且那個人顯然對基地的巡夜時間和習慣掌握得非常精準，若不是布布路的聽力異於常人，敏銳地捕捉到水流的聲音，幾乎就和對方擦肩而過了。也就是說，那個在墓地裏作祟的人，很有可能就出自威爾榭基地內部！」

「你是說威爾榭基地裏有奸細？」狄安娜大吃一驚，「你們有沒有聽到，那個人是用甚麼手段把布布路他們迷昏的？」

「是一種很清遠、悠揚的聲音，」這時，賽琳娜揪着濕漉漉的布布路走了過來，接口道，「隔着卡卜林毛球，我們聽得不太清楚，很可能是某種管樂器吹奏出來的聲音，隱約……像是笛聲。」

「笛聲？」狄安娜像是被人從背後打了一記悶棍，突然神情大變，難以置信地喃喃自語道，「難道是他？不，這不可能……」

尊敬的讀者：現在你跟隨布布路一起踏上了成為怪物大師的道路！向所有的困難發起挑戰吧！

這是成為怪物大師的必經之路!!!

MONSTER MASTER
+LOVE & DREAMS+

同伴默契度測試

Q04 請問布布路他們四人曾經拒絕了哪一家報社的記者採訪？

A. 新琉方日報　　B. 新琉方晨報

C. 新水果日報　　D. 北之黎晨報

答案在本頁底部，答對得 5 分，你答對了嗎？

■即時話題■

布布路：我覺得狄安娜與大姐頭很像！

餃子：哪裏？才不像呢！大姐頭的獅子吼是宇宙無敵級別的獨一無二！

朔月：就是，一點都不像！狄安娜可是威爾榭基地的女王大人，而賽琳娜……哼！

賽琳娜（瞪朔月）：你這口氣是瞧不起我嘍？

十三姬：朔月的個性真彆扭，老喜歡說別人不喜歡聽的話，賽琳娜，你可以無視他哦！

餃子：論個性彆扭的話，其實朔月和帝奇倒是很像！哈哈！

阿不思：餃子君，小心暗器！

八卦記者羣：哦哦哦，快拍下來，上頭條——摩爾本十字基地的預備生內訌！是感情問題，還是利益衝突？

餃子：呵呵，我們的關係可好了，各位不要誤會！

八卦記者羣：那就讓我們來給你們照一張團結的集體照吧！嗯嗯嗯，不錯，頭條可以改改——摩爾本十字基地預備生口和心不和，個個笑如狡狐！

布布路一行人：……（徹底無語）

完成這個測試後，你可以鑒定自己與四位主角的默契程度。

測試答案就在第十四部的 215 頁，不要錯過哦！

新世界冒險奇談

第九站 STEP.09

學園祭上的大暴亂

MONSTER MASTER 14

觀眾席中的搗蛋鬼

「他是誰？」布布路好奇地瞪大眼睛，難道狄安娜猜到神祕人是誰了嗎？

狄安娜沒有回應布布路的疑問，而是滿臉慍怒地拔腿向中央廣場衝去，大伙兒急忙跟上她……

中央廣場上，學園祭開幕式的表演進行得如火如荼。

準備了一年的預備生你方唱罷我登場，使出自己渾身的解數，呈獻出令人歎為觀止的精彩表演，觀眾席中掌聲、歡呼聲、叫好聲不絕於耳。

然而，一陣不尋常的騷動悄然爆發了——

「哈哈哈，哇哇哇，嘎嘎嘎！」觀眾席上，一個身材肥胖、盛裝打扮的中年大叔突然發出淒厲的怪叫聲，觸電般從座椅上彈起來，身體像中邪一樣扭動起來。

「哎呀！」一個預備生不幸被大叔一拳揮中，手中滿滿當當的餐盤嗖地飛了出去。霎時間，觀眾席上空降下一場由奶油、珍珠熱茶、巧克力汁和草莓醬匯集成的「傾盆大雨」！

「哇！」觀眾席上頓時炸開了鍋，被殃及的觀眾們渾身掛滿黏糊糊又滾燙的「食物雨」，尖叫連連。

「哈哈哈，嘻嘻嘻，咯咯咯！」胖大叔指着驚叫的人羣，擠眉弄眼地怪笑起來，笑聲越來越尖厲，就像是手指甲劃過毛玻璃一般。

接着，胖大叔瞪着血紅的眼珠子，用自己肥胖的身軀當武器，發瘋似的到處衝撞起來。

「快點按住他！」狄安娜一邊撥開人羣往事發點跑，一邊高聲大喊。

幾個預備生心急火燎地想要拽住胖大叔，可胖大叔的力氣驚人，水桶般粗壯的手臂胡亂一揮，就把他們全都撞飛了。

「哈哈哈！」胖大叔尖笑着，像一頭發怒的公牛一般橫衝直撞。

「救命啊！」觀眾席的過道很狹窄，觀眾們根本躲閃不開，一個個被胖大叔撞得東倒西歪，亂成一團，慘叫不迭。而過道的盡頭，一個手握棒棒糖的小孩正一動不動地呆坐在地上，嚇得動都不會動了。

「哎呀，不好！」如果被胖大叔的身體碾過，那個小孩肯定小命不保，危急關頭，布布路咬緊牙關，猛地飛身躍上觀眾席。

「啊啊啊！」在一片驚呼聲中，布布路以一排排座椅的靠背當作落腳點，雙腿像是裝了彈簧一般，蜻蜓點水般地彈跳到觀眾席的中心，一記「餓虎撲食」將胖大叔撲倒在地。

「放開我，哈哈哈，不要按着我，哈哈哈！」胖大叔失控地怪笑着，奮力掙扎着，可怎麼也無法甩脫布布路，背着金盾棺材的布布路就像一個秤砣似的，牢牢地壓在他身上。

折騰了半天之後，胖大叔終於慢慢平靜下來，喉嚨中的怪笑聲也漸漸微弱了下去。可還沒等眾人鬆一口氣，布布路卻突然咧開嘴，露出一個古怪的笑容，放聲大笑起來。

「哈哈哈哈哈哈哈！」布布路坐在胖大叔身上，笑得手舞足蹈，上氣不接下氣。

「布布路，你怎麼了？」撥開人羣趕過來的餃子他們全都傻眼了。

「好癢啊，好癢啊！」布布路的雙手像着魔似的渾身亂抓着。突然，他猛地打了一個大激靈，一把從衣服底下扯出了一個綠色刺蝟球似的小東西。

說也奇怪，把這個東西扯出來之後，布布路的笑聲也停了下來，好奇地盯着那個巴掌大的圓滾滾的刺猬球。

「這是哈哈獸！」賽琳娜立即認出這個刺猬球的身份，「是超能系的怪物，生性喜歡惡作劇，基本技能是使人渾身奇癢無比。」

大家恍然大悟，原來胖大叔和布布路是被這隻搗蛋的瘙癢獸攻擊了。帝奇在一旁冷冷地奚落道：「這隻哈哈獸的主人是威爾榭的預備生嗎？在學園祭開幕式上搗亂，主人也要承擔管教不嚴的責任。」

狄安娜一臉慍怒，眼神銳利地在人羣中掃了一圈，很快鎖定了一個紮着高高羊角辮、嚇得渾身瑟瑟發抖的女預備生，顯然，那就是哈哈獸的主人了。

面對着狄安娜幾乎快要噴出火的目光，「羊角辮」臉上像刷了一層白漆般，跌跌撞撞地走了過來。

可隨着「羊角辮」的走近，布布路他們心中卻生出一股奇怪的感覺。這個女生很不正常，她渾身冒出的冷汗幾乎把制服都濕透了，牙齒咬得咯吱咯吱直響，手和腳也顫抖得無比誇張，怎麼看都不像是出於害怕，而分明是在極力克制着甚麼。

「你沒事吧?」布布路十分關心,想要上前扶「羊角辮」一把。

「啊——」沒想到,「羊角辮」突然抬起頭,喉嚨間發出一聲淒厲的嘶吼,雙手瞬間鉤成鷹爪,亮出鋒利的指尖,猝不及防地朝着布布路的臉抓了過來。

失控的預備生們

「羊角辮」女預備生雙眼泛白,嘴幾乎咧到了耳根,雙臂青筋暴起,毫無預兆地向布布路發起了攻擊。

運動神經過人的布布路一個側身,輕巧地避開了襲擊,然而,還沒等布布路站穩,對方的腦袋就以難以想像的角度湊了過來,突然放大的臉讓布布路嚇得夠嗆,「羊角辮」毫不遲疑,張口就向布布路脖子咬過來。

「哇!你要幹甚麼?」布布路趕忙將雙臂交叉高舉,「羊角辮」一口咬到了他手上,幸虧布布路手上纏着夠厚的布條,才不至於被咬傷。

但「羊角辮」顯然沒打算就此收手,見咬沒有取得成效,便手腳並用,抓、擊、撓、踢、踹、蹬全都用上,布布路只好用雙手護住自己的頭臉,一邊躲閃一邊大叫:「我是來自摩爾本的預備生啊,不是你的敵人,為甚麼要攻擊我啊?」可「羊角辮」就像是完全聽不見布布路的話一樣,執着地纏着布布路。而布布路四周的觀眾們見到女孩詭異的「戰鬥方式」,也都退避三舍。

然而相反的是,八卦記者們的攝像蜂眼像是聞到了肉腥味的餓獸般，全都被吸引了過來，幾個記者早已迫不及待地掏出筆在新聞紙上唰唰地寫了起來：大名鼎鼎的威爾榭學園祭開幕式上，中年富商發狂笑暈，女預備生精神崩潰，摩爾本十字基地的預備生被狼狽追打，代理院長狄安娜束手無策……哇，這可是一連串爆炸性的大新聞，明天一定能登上各大報的娛樂頭條！

混亂中，狄安娜顧不得形象了，一個箭步衝上去，把布布路從「魔爪」下推開，厲聲呵斥「羊角辮」道：「你到底是怎麼回事？竟敢在學園祭上胡鬧！」

「羊角辮」絲毫沒有理會狄安娜的訓斥，惡狠狠地抬手朝狄安娜的臉抓去。狄安娜哪料到「羊角辮」會有如此大膽的舉動，躲閃不及，臉頰赫然留下兩道血痕。

「噝——」現場立即傳來一片倒抽冷氣的聲音，狄安娜自己也呆住了。

「媽呀，她竟敢撓女王大人！」朔月的眼珠子都快掉到地上了，「她……她一定是瘋了！」

賽琳娜和十三姬相視一眼，意識到事態的嚴重性，不敢怠慢，同時衝了上去，一左一右按住「羊角辮」亂抓的雙手。可「羊角辮」體內就像是住着一隻野獸般，瘋狂地掙扎着，喉嚨中發出恐怖的嘶吼聲，賽琳娜和十三姬拼盡全力才勉強按住她。

就在這時，一波未平，一波又起——

「啊——啊——啊——」

擁擠的觀眾席上陸續爆發出驚恐的慘叫聲，竟然又有好幾個預備生像「羊角辮」一樣，雙目泛白，陷入了瘋狂的失控狀態，像野獸一般衝進人羣中打砸起來。

叮叮噹當，乒乒乓乓，稀哩嘩啦……

一排排座椅像多米諾骨牌一樣被撞倒，一輛輛餐車被掀翻，杯盤、食物和飲料漫天飛舞。

「救命啊！不要打我！快跑啊！」

手無寸鐵的賓客們驚慌失措地奔逃着，躲避着突如其來的攻擊，人們你推我，我推你，方寸大亂，情勢混亂不堪。

「大家不要推擠，請讓出通道，方便展開救援！」狄安娜疾聲呼籲，可她的聲音很快就被震天的喊叫聲淹沒了。

「這是怎麼回事啊？」布布路瞪大眼睛，焦急不已地問，「那些預備生怎麼了？」

「不知道啊，莫非是某種讓人情緒瘋狂的……傳染病？」狐狸面具下，餃子額頭上的天眼不安分地跳動着。

「傳染病？」十三姬膽寒地打了個激靈，果然，發狂的預備生的數量正在急劇增加，不知不覺中，已經有幾十個預備生開始陷入癲狂，恐怖的失控症狀就像瘟疫一樣，正在空氣中詭異地蔓延！

他們在觀眾席上瘋狂地製造混亂，毫不留情地攻擊賓客，甚至是自己的親友。連幾個正表演的預備生也發狂了，他們跳下舞台，像看到食物的餓狼一般撲向觀眾席。更可怕的是，他們的怪物也開始陸續加入……

怪物們的破壞力極強，它們咆哮着，亂飛亂跳，橫衝直撞，火球、毒霧、冰霜……各種怪物招式一股腦地襲向人羣。

而記者們的攝像閃光燈閃個不停，一個滿臉雀斑的矮個子記者撅着屁股躲在座椅下，對着現場連線的卡卜林毛球聲嘶力竭地吼道：「威爾榭基地學園祭現場發生動亂，幾十個預備生和他們的怪物失去了理智，現場慘不忍睹，目前傷亡人數不詳，這是前方記者冒死為您發回的報道……」

好好的學園祭開幕式竟然變成這個樣子，狄安娜和布布路他們一個個如臨大敵……

新世界冒險奇談

第十站 STEP.10

意想不到的奸細

MONSTER MASTER 14

懾人的笛音

中央廣場上的騷亂更嚴重了，越來越多的預備生和怪物失控了。在他們的瘋狂破壞下，中心廣場上一片狼藉，看台上烏煙瘴氣。許多賓客和預備生都在衝撞中受了輕傷，整個場面混亂不堪……

狄安娜滿頭大汗地帶領一部分還保持着理智的預備生四處維持秩序和搶救傷患。

布布路他們也手忙腳亂地投入到維護秩序的行動中，可是那些發狂的畢竟是威爾榭基地的學生，要保證大家不受傷的情況下一一擒住他們，相當費勁，再加上使出各種招式的怪物們，一時之間，大家不知如何是好。

轉眼間，布布路他們就一個個被失控的預備生和怪物包圍住了。

「看我的！」餃子一揮手，藤條妖妖從怪物卡中一躍而出，它的體形迅速增大，頭頂的花苞瞬間盛開，其中逸散出清新的花粉……

對了，升級的藤條妖妖釋放的花粉能使人頭腦清醒，布布路眼前一亮，期待地看着花粉四散開來。

花粉瞬間抑制了在空氣中四散的毒氣，然而，發狂的預備生和怪物碰到這花粉卻只停頓了數秒，又立刻狂躁地發起了攻擊。看來他們的症狀相當嚴重，連清醒花粉都沒用！

難道要使用水精靈的治癒之雨嗎？賽琳娜左顧右盼地分析着情勢。

就在布布路他們腹背受敵的時候，廣場上突然響起了空靈的笛聲……

悠揚而婉轉的笛聲響徹中央廣場，流淌的音符中似乎伸出一隻隻柔和的手，輕輕地撫慰着每一個躁動不安的人。

失控的預備生和怪物們的動作漸漸地遲緩下來，很快就一個個像失去牽引力的提線木偶，無力地癱倒在地，狂躁的戾氣絲絲褪去……

沐浴在輕柔的笛音之下，所有人的身心都感受到前所未有

的寧靜與舒適。

布布路的腦中光影閃動，被困在大腦深處的記憶驀然蘇醒了：在威爾榭基地的墓地裏，一個黑袍人站在幽藍色的河水中，吹出的笛聲和此時的如出一轍……這個吹笛人就是導致布布路和巡夜預備生們失憶的罪魁禍首！

可當布布路試圖去記起黑袍人的臉時，無法形容的舒適感就像一隻手，一下子撩撥碎了記憶的畫面。

「好舒服啊！」布布路陶醉地伸了個懶腰，疲憊的感覺全都被洗去了，整個身體輕快無比。他好奇地東張西望，很快就找到了笛聲的源頭 —— 在坍塌了一半的圓形舞台的一塊殘垣前，端立着一個人影，正在吹奏着一支帶有翅膀裝飾的銀笛。

他就是那個神祕的奸細嗎？

眾人的眼中閃過不可思議的光芒，而朔月和十三姬則恍然大悟般地看向狄安娜，難怪當她聽到「笛聲」二字時會那麼失態，因為吹笛子的人竟然是一直笑瞇瞇跟隨在她身後，替她悉心料理大小事宜的——奇拉翁！

令人疑惑的始作俑者

在奇拉翁鎮魂般的笛音中，各種怪物從狂奔中安靜下來，預備生們泛白的眼眸也逐漸恢復了清明……

「我這是怎麼了？」「羊角辮」女孩一臉莫名其妙地看看渾身狼藉的自己，又看看身邊的哈哈獸，似乎甚麼也記不起來。

狄安娜雙目圓睜，赫然意識到包括「羊角辮」在內的這些發狂的預備生都有一個共同的特點，那就是都曾經倒在垃圾堆中失去了記憶。

狄安娜腳步沉重地走到奇拉翁面前，聲音難以自控地顫抖着：「在基地裏暗中作祟的人真的是你嗎？」

在眾人緊張的注視下，奇拉翁沉默地垂下了臉。

狄安娜的眼神從震驚，漸漸轉化為憤怒，隨後竟泛出難耐的痛楚：「為甚麼要這麼做？給我一個理由！」

可奇拉翁卻一言不發，他的嘴脣咬得緊緊的，似乎打算用沉默對抗一切。

「奇拉翁，你是不是有甚麼苦衷？」十三姬着急地說，「說出來，我們大家一起想辦法解決啊！」

「算了，不用問了。」狄安娜苦澀地笑着擺擺手，失望地說，「沒想到，一直以來我最信任的人，竟是威爾榭基地的叛徒。把他綁起來！」

幾個預備生立刻上前，將奇拉翁的雙手牢牢反剪，並搶過他手上那支神奇的笛子交給狄安娜。

就在笛子脫離奇拉翁的手的瞬間，奇怪的事情發生了，剛剛還明晃晃地放着光芒的精巧銀笛轉眼間變成了一根鏽跡斑斑的破鐵條。「布魯，布魯！」四不像在一旁嫌棄地吐舌頭。

餃子看着變成破鐵條的銀笛，若有所思地沉吟道：「這笛子倒有點像布布路的光明神之劍，只在特定的人手中才能展現威力。」

「這笛子……」狄安娜神情低落地接過笛子，正想要說些甚麼，這時，一個穿着華麗的女賓客突然尖聲尖氣地叫起來——

「我們千里迢迢來參加學園祭，你們威爾榭基地就是這樣招待賓客的嗎？」

女賓客的話一呼百應，觀眾席上頓時響起此起彼伏的抱怨聲：

「真是太過分了，威爾榭的預備生都是一羣瘋子，竟然對我們這些平民動手！」

「這個可怕的地方我一分鐘都不想再待下去，我要離開這裏！」

「對，快打開基地大門，我們要回家！」四起的抗議聲中，朔月湊到狄安娜身邊，擔心地耳語道：「現在雖然知道奇拉翁就是導致彌砂花異變並用笛聲讓預備生失憶的人，但如果一切都是奇拉翁暗中搗鬼，剛才預備生們失控，他為甚麼又要冒着暴露自己的風險吹奏笛子平息騷亂呢？」

「還有之前在檔案室遇到的怪事、墓地的空棺木，」十三姬眉頭緊鎖，「這些事的幕後操縱者或許不止奇拉翁一人。」

「對！對！我也覺得這傢伙不像是壞人！」布布路探頭探腦地說。

「你就是太容易相信人了，也許奇拉翁還有同黨呢？」賽琳娜一把將布布路拉開。

「而且那個同黨很有可能就混在賓客之中，」餃子審時度勢地說，「所以，現在千萬不能開門放賓客離開。」

「我知道了，謝謝你們的提醒。」狄安娜目光深沉地看着雜亂不堪的中央廣場，雙手合十放在胸前，深吸一口氣，像是在完成某種儀式般，再次站上了舞台。

抗議聲四起的廣場

狄安娜深深地低下頭，向大家鞠了個躬，誠懇地大聲說道：「各位賓客，對於剛才發生的騷亂，我感到非常抱歉！看台目前遭到破壞，我立即安排人帶大家到基地大堂休息，會有醫護人員來為受傷的人療傷！但是，為防止為非作歹的人溜走，暫時還不能打開基地大門，希望大家能理解並配合。我代表威爾榭基地在此向大家承諾，會儘快查明原因，並賠償大家的損失！請大家少安毋躁。」

狄安娜再抬起頭來時神情肅穆，目光堅定極了，仿佛在傳遞給在場所有人一種信心……

布布路和賽琳娜幾人都對她刮目相看，難以想像一個跟他們差不多大的女孩子居然要承受這麼大的壓力，管理和應對一個基地的大小事務，而且這次還出了這麼大的事……

換作是他們，恐怕早就手足無措地慌神了，而她卻如此堅強且敢於擔當。

只是，賓客們中卻總有人不買賬，幾個逆反情緒強烈的人站了起來：

「你的意思是，我們每一個都有可能是壞人嗎？」

「這分明是囚禁，憑甚麼限制我們的自由？」

「索納比院長在哪裏？我們要見索納比院長！」

八卦記者們則像聞到了腥臭味的蒼蠅般蜂擁上來，各種犀利尖銳的問題有如槍林彈雨般一股腦地丟了過來：「狄安娜小姐，您剛才為甚麼下令把您的新聞發言人綁起來？」

「剛才的暴亂究竟是有人暗中作祟，還是你們基地內訌造成的？」

「索納比院長到底人在何處？發生了這麼大的事，他為甚麼還不露面？」

「莫非索納比院長出了甚麼事？被綁架了，還是遭到了囚禁？」

沒了奇拉翁，個性耿直的狄安娜根本無力招架記者們層出不窮的逼問，她被成羣的記者團團包圍，臉色漲得紫紅，渾身因氣惱而微微發顫。

布布路他們着急地想幫忙解圍，可那些記者一個個都問紅了眼，布布路才擠了幾下就被撞了出來，摔了個人仰馬翻。

「不能動粗！」賽琳娜忙一把拽住要硬衝的布布路，「剛才的暴亂已經讓賓客們很生氣了，不能再製造混亂了！」

「那怎麼辦？」布布路焦頭爛額。就在眾人手足無措的時候，

十三姬突然眼前一亮，只見一個人無聲無息地走進了廣場。那人步履穩健，全身上下都散發出神奇的寧靜力量，當他出現後，混亂不堪的廣場漸漸靜了下來。

布布路和精英隊幾人又驚又喜，狄安娜的眼眶一下子紅了，哽咽地喊出聲：「爸爸！」

同伴默契度測試

請問以下哪一項是餃子心中真正最希望實現的目標？

A. 獲得一百萬盧克的意外之財

B. 成為塔拉斯的國王

C. 再也不暈車　　D. 和同伴們一起當上怪物大師

答案在本頁底部，答對得 5 分，你答對了嗎？

■即時話題■

朔月：對狄安娜來說，成功舉辦學園祭包含了諸多的意義，除了證明自己的能力之外，她更不想讓爸爸再為基地的事情操心，可結果還是需要索納比院長出馬來解決問題……唉！

十三姬：目前的情勢已經不容計較這麼多了，院長出場是必須的，狄安娜心裏一定很亂，畢竟她那麼相信奇拉翁……真令人擔心啊！

餃子：我倒是對這位美麗而又威嚴的小姐十分欽佩，至少在面對所信任的人的背叛時，她沒有軟弱退縮的表現。就像我大哥，當年我遠走他鄉，他不知真相地誤會着我，其內心也一定像狄安娜小姐一樣充滿了煎熬……回想起來，就覺得大哥真堅強啊！

賽琳娜：沒回塔拉斯之前，你絕口不提自己的身世，回過塔拉斯之後，你見縫插針就要說起你大哥。餃子，你從一個極端走向另一個極端了！

餃子：其實你沒有領悟到我真正想表達的重點——我是被誤會的，我遠走他鄉多年，在大哥煎熬的同時我也飽嘗淒苦，我——才——是——最——堅——強——的——那——個——人！

帝奇：你是最愛往自己臉上貼金的人才對吧？

完成這個測試後，你可以鑒定自己與四位主角的默契程度。
測試答案就在第十四部的 215 頁，不要錯過哦！

尊敬的讀者：現在你跟隨布布路一起踏上了成為怪物大師的道路！向所有的困難發起挑戰吧！

這是成為怪物大師的必經之路!!!

LOVE & DREAMS Monster Master

答案：D

新世界冒險奇談

第十一站 STEP.11

驚天大醜聞

MONSTER MASTER 14

威爾榭家族的祕密

狄安娜被八卦記者們糾纏着無法脫身，賓客們受傷的呻吟聲和憤怒的抗議聲不絕於耳，預備生們也全都疲憊不堪……就在學園祭陷入混亂的局面時，索納比院長出現了。

「太好了，索納比院長來了，」布布路高興地說，「院長大人的精神狀態看起來比昨天好很多呢。」

餃子三人第一次見到院長，好奇地看過去，只見索納比院長穿着考究的新制服，身姿挺拔，紅光滿面，整個人看起來精神抖擻，一點兒都不像個患了嚴重心臟病的老人。他邁着沉穩的步伐，走到殘破的中央舞台上，不怒自威地掃視了一圈狼藉的廣場，似乎還特意向着被記者包圍的狄安娜多看了兩眼。

索納比院長掌管威爾榭基地數十年，為人寬宏有度，做事雷厲風行，十分有威望，原本亂成一鍋粥的人們一看到他的出現，都心生敬畏地安靜下來，八卦記者們也識趣地閉上了嘴。

困窘不已的狄安娜像打了一針強心劑，一下子精神大振。

「很抱歉，我來晚了，讓各位遠道而來的客人受驚了，威爾榭基地一定會盡最大的努力彌補諸位身心的損失。」靜默的氣氛中，索納比院長終於開口了，他聲如洪鐘，眉宇間卻帶着一層揮之不去的陰霾，「今天會發生這樣的事情，我們威爾榭家族難辭其咎……事已至此，我也不能再隱瞞各位了，我要公開一個威爾榭基地塵封了兩百年的大祕密！」

甚麼大祕密？狄安娜一臉迷茫地看着父親，廣場上所有人都好奇地豎起了耳朵，尤其那些八卦記者，聽到「祕密」兩個字，眼睛都快噴出火來，全都屏息期待着索納比院長的驚天大祕密。

索納比院長深吸了一口氣，沉重地開口說道：「兩百年前，我的祖先南登・威爾榭率領關內百姓擊退了殘暴的敵人，為這座山谷帶來了和平，可是沒有人知道，南登・威爾榭之所以能做到這一切，根本不是靠着卓越的個人魅力和軍事才能，而是因為……」

說到這裏，他頓住了，像是經歷着某種激烈的內心掙扎一般，艱難地說：「而是因為他得到了一個被視作禁忌的煉金卷軸——《墮天錄》！」

「甚麼！他是說《墮天錄》嗎？」現場的賓客們一個個目瞪口呆，彷彿聽到了甚麼極其難以置信的事情。

「沒錯，如大家所知，《墮天錄》被各個大陸列為禁忌，這個卷軸上記載着一些非常強大，卻極其邪惡的煉金陣術，其中包括被當作禁忌的復活之術……」索納比院長清了清嗓子，繼續說，「利用《墮天錄》，威爾榭非法地復活亡者，打造出一支無法戰勝的不死軍團，靠着這令人不齒的手段，他搖身變成了大英雄，並且建立起了威爾榭基地！可是，我沒想到的是，兩百年過去了，非法煉金術陣還影響着基地，我想不少人已經發現了，基地的彌砂花呈現出不正常的黑色，而預備生奇怪的舉動恐怕也與煉金術可怕的反噬作用不無關係……這一切都是我們威爾榭家族的罪過！」

說到這裏索納比渾身顫抖，懺悔般深深低下了頭。

而廣場上的人們由於過於震驚，一時之間竟然鴉雀無聲。連唯恐天下不亂的記者們都被這驚天的祕密給鎮住了，他們紛紛停下了手中的筆，瞪大眼睛難以置信地看着索納比院長，甚至忘了要記錄下如此駭人聽聞的巨大醜聞。

懺悔與謝罪

半晌，索納比院長的公開懺悔終於引發了巨大的騷動。

兩百年來，人們信賴和仰仗的威爾榭基地竟然是靠着禁忌之術發跡的，而其宣導的正義和信仰，也都是為了掩蓋不能見光的罪惡與黑暗。

「這麼說，我們這些平民，全都被蒙在鼓裏，還像傻子似的在謳歌他的功績！」

廣場上瞬間炸開了鍋，人們你一言、我一語地議論着，一片譁然的觀眾席中，不時傳出「騙子」「卑鄙」「墮落的家族」的憤恨字眼。預備生們也驚呆了，一個個紅着眼眶，難以接受地望着他們最敬愛的索納比院長。

「爸爸，您在說甚麼呀？」狄安娜着急地撥開人羣，衝上舞

台，眼眶通紅地拉住索納比院長，結結巴巴地小聲哀求道，「您是不是病糊塗了？我……我送您去休息吧。」

「我沒事，我的腦子很清醒，身體也從未像這樣精神。」索納比院長眼中閃爍着光彩，激動地拽住狄安娜，「女兒，家族的黑暗歷史我再也不能遮掩下去了，祖輩犯下的錯誤，我們一起在這裏代替他們向大家謝罪！」

說着，索納比院長撲通一聲跪倒在舞台上。

狄安娜大驚失色，手忙腳亂地去拉扯索納比院長，但她的行為卻換來賓客們無情的噓聲：

「威爾榭的後代果然是不知悔改的卑鄙之徒！事到如今，她竟然還不肯下跪懺悔！」

「這樣的人根本沒有資格行使正義，更不配掌管基地！」啪！一個番茄從觀眾席中丟了出來，砸到了狄安娜的腳邊，爆出的紅色汁液濺了她一身。一個賓客憤怒地叫道：「罪人的後代，跪下，跪下！」

「跪下，跪下！」更多賓客的怒火被點燃了，呼喊聲很快匯聚成整齊劃一的口號，他們邊喊邊隨手抄起各種東西，丟向舞台。

鞋子、巧克力醬、奶油蛋糕、蜂蜜茶……裹挾着怨恨之氣的東西一股腦地砸向狄安娜。

「哇！大家別激動啊！」布布路急忙高舉起金盾棺材，想替狄安娜遮擋，可哪裏擋得住四面八方而來的民憤？沒一會兒工夫，布布路他們就全都「掛彩」了，餃子三人的勸阻聲也有如狂風暴雨中的水滴，瞬間就被吞沒了。

「我……」狄安娜緊咬着嘴唇，淚水在眼眶中打轉。終於，她再也克制不住自己的情緒，無力地閉上眼睛，雙膝緩緩地向下彎去，和爸爸一起跪在眾人面前，任憑兩行屈辱的淚水從臉頰滾落。

咔嚓，咔嚓！

蜂眼的閃光燈頓時晃得人睜不開眼，攝影記者爭先恐後地拍下父女倆下跪謝罪的轟動畫面，八卦記者們一擁而上地圍住舞台，爭搶着發問：

「索納比院長，您和您的女兒恐怕都不適合擔任基地的院長了吧？」

「這座基地恐怕不再適合以威爾榭來命名了！」

「接下來二位打算何去何從？基地又該怎麼辦？」

「是否應該由怪物大師管理協會來接手基地？」

狄安娜痛苦地低着頭，渾身像篩子一樣顫抖着。索納比院長則眼神飄忽不定地四下張望着，似乎在找尋着甚麼，片刻之後，他的目光終於定格下來。

布布路他們錯愕地循着索納比院長的視線看過去，剛剛還被預備生們押着的奇拉翁此時正泰然自若地站在廣場的另一端。

熟悉的繼任者

看到奇拉翁以後，索納比院長突然直起身子，開口道：「現在，威爾榭家族已經再沒有資格掌管基地、承擔保護關內百姓的責任了，但是，在這座山谷內生活的百姓自古以來就過着自由的生活，不願意受到外界的約束和統治，就算沒有了威爾榭家族，關內的百姓也絕不適合由怪物大師管理協會接手管理。所以，在威爾榭家族退出歷史舞台後，我希望從基地內部選出一名德才兼備的新繼承人，這位繼承人不僅要熱愛這座山谷，更要對基地的管理事務十分熟悉，在百姓和預備生們心中也有一定的威望……」

索納比院長說話的同時，奇拉翁一路撥開賓客，大步流星地走上舞台。他一改平日溫文爾雅的形象，周身散發出令人不寒而慄的氣息。布布路四人相視一眼，心中暗覺不對勁。

餃子和帝奇不約而同地上前一步，擋住了奇拉翁。

「讓開！」奇拉翁臉上沒有一絲笑意，蔚藍的瞳孔就像結了冰一般，冷冷地看着他們。

「不要攔着他！」就在雙方劍拔弩張的時候，院長站起身，走了過來拉住奇拉翁說，「這孩子是戰爭英雄的遺孤，是最合適的院長繼承人！」

奇拉翁昂首挺胸地轉過身，傲然地掃視了一圈台下翹首觀望的人羣，開口道：「我是索納比院長和狄安娜的助手，替他們維繫基地的日常運營，照顧關內百姓的生活，既然院長親自指派，我自然當仁不讓！」

奇拉翁的話吸引了賓客們的注意，嘈雜的廣場上漸漸安靜下來，記者們的蜂眼鏡頭也齊齊對準了他。

布布路他們更是驚愕極了，沒想到索納比院長竟然會突然宣佈家族醜聞，更沒想到居然指定年紀輕輕的奇拉翁為下一任院長。

這一切顯然不對勁！從變黑的彌砂花到失控的預備生們，仿彿有人在暗中操控着這一切……而結果，就是奇拉翁成了世襲制威爾榭基地的下一任繼承人！

更為震驚的無疑是狄安娜，她想從父親口中瞭解甚麼，然而索納比院長的眼睛在這一刻看起來卻像陌生人一般。

「哼！又是一個陰謀家！」帝奇壓低聲音冷哼道，「既然奇拉翁能用笛聲迷昏巡夜的預備生，並令他們失憶，說不定那他也能用這笛聲控制索納比院長……」

「甚麼？難怪索納比院長看起來怪怪的，原來他是被奇拉翁控制了嗎？」布布路驚訝地瞪圓了眼睛。

為了不讓記者們聽到，帝奇他們的聲音很小，但狄安娜還是聽到了，她原本深深埋着頭跪在地上，突然像觸電般難以置信地抬起頭。

「奇拉翁，真的是這樣嗎？」狄安娜目光灼灼地望向奇拉翁，「你在基地裏暗中搞了這麼多小動作……甚至不惜控制我的父親，都是因為你一直覬覦着院長的位置嗎？」

奇拉翁定定地看着狄安娜，緩緩點了點頭。

新世界冒險奇談

第十二站 STEP.12

少年與魔笛

MONSTER MASTER 14

失落的兒時情誼

原來，奇拉翁真正的目的是要取代索納比院長和狄安娜，成為基地的院長！

「難道這些年來，你對我的扶持和幫助，都不是真心的嗎？我們之間的情誼難道……也不是真的嗎？」這一刻，狄安娜覺得心臟就像被人狠狠捏住一般，痛極了。

「也不能說沒有一絲真心，」奇拉翁神情複雜地看着狄安娜，語氣涼薄地回應道，「畢竟，我很感激當年你們對我的救命之恩，所以你大可放心，在我坐上院長的寶座後，會妥善安置你和索納比院長，保證你們生活得衣食無憂。」

「誰稀罕被你照顧？」朔月翻着白眼，不客氣地說。

「別難過，為這種人生氣不值得。」十三姬小聲安慰狄安娜。

「不，你們不明白……」狄安娜失魂落魄地癱坐在地上，自言自語般說，「我和奇拉翁從小一起長大，我們曾拉過鈎約定，一起將威爾榭基地建成藍星第一怪物大師培訓基地……」

布布路不知所措地抓着後腦勺，湊到狄安娜身邊困惑地問：「哦，既然你和奇拉翁是從小一起長大的，那剛才他說感謝你的救命之恩，是怎麼回事兒啊？」

「那還是我六歲時的事……」狄安娜深吸一口氣，聲音沙啞地回憶起兒時的往事：

那年的冬天格外寒冷，紛紛揚揚的大雪足足下了兩個月，整

座山谷都披上厚厚的白色雪衣，索納比院長不得不組織預備生隊伍每天清理積雪，防止大雪將進山的通道徹底封堵住。

一天清晨，六歲的狄安娜早早就從被窩裏爬起來，去谷口掃雪。

銀裝素裹的雪地裏，狄安娜邊掃雪邊快樂地奔跑、玩耍着。突然，她一個趔趄，被甚麼東西絆倒了。爬起來之後，狄安娜發現絆倒她的竟然是一個和自己年齡相仿的小男孩。男孩衣衫襤褸，身上落着厚厚的積雪，渾身凍得發紫，已經奄奄一息了。

狄安娜毫不猶豫地脫下自己的棉外衣包住男孩，然後背起他，吃力地朝着基地的方向走。費了好長時間，狄安娜終於回到基地，得到及時救治的男孩活了過來，可狄安娜自己卻因為被凍傷而病倒了。

那個冬天，狄安娜和男孩是在基地的病房裏一起度過的。

狄安娜得知，男孩出生在一個被稱為「英雄村」的地方，這裏生活的都是戰爭的遺孤，他們的父母通常都在戰爭中失去了生命，政府為了宣傳和鼓勵徵兵，將這些孩子接到一起統一照顧，而小小年紀的奇拉翁就是其中之一。最初，孩子們生活得可謂衣食無憂，只是隨着戰爭結束，「英雄村」就再沒人管理了，村子裏的孩子們紛紛淪為流浪兒。奇拉翁恨透了戰爭，聽說附近的威爾榭基地已經兩百年沒有戰爭了，因此流亡至此……

狄安娜十分同情男孩的遭遇，她充滿豪氣地拉着男孩的手，拍着胸脯說：「從今天起，你不再孤苦無依，因為我就是你的家人，我們會一輩子在一起！」

奇拉翁眼中淚光閃閃，用力地點頭。

從此以後，奇拉翁就成了狄安娜的小跟班。索納比院長也待奇拉翁視如己出，狄安娜有的東西，都少不了奇拉翁的一份。

在威爾榭基地的最初幾年，作為外來者的奇拉翁經常受到其他同齡孩子的欺負，性格內向的他只會哭鼻子，不敢反抗。每當這個時候，都是狄安娜跳出來「伸張正義」，漸漸地，奇拉翁的臉上開始有了笑容，性格也變得堅強、勇敢起來。

十一歲那年，狄安娜和奇拉翁雙雙以優異的成績成為基地的怪物大師預備生，奇拉翁更是獲得了以前的院長科里森遺留下的怪物——梅菲斯特，成為同一屆預備生中的佼佼者。

在得到梅菲斯特的那一天，奇拉翁跟狄安娜約定：在她繼承了院長位置之後，他會輔助她一同將威爾榭基地建設成藍星第一怪物大師培訓基地，培養出更多了不起的怪物大師。

狄安娜感動極了，因為她的夢想也是奇拉翁的夢想，她堅信，只要他們二人齊心協力，一定能實現這個夢想！

「這麼多年來，我們是朋友，是家人，是同伴……為了我們共同的理想而努力着、奮鬥着……」講到這裏，淚水像斷線的珠子般奪眶而出，狄安娜茫然若失地說，「可我沒想到，原來在他心中我只是一塊成就野心的踏腳石！」

學園祭失敗，家族被揭露出黑暗的歷史，連最信任的人也背叛了自己……不過短短一天時間，狄安娜的生活仿佛從天堂直直掉落到了地獄的底層。

梅菲斯特的選擇

看台上，賓客們東倒西歪地坐在亂七八糟的座椅上，七嘴八舌地討論着索納比院長關於下一任繼承人的提議。

這些受邀而來的客人，要麼是基地裏預備生學員的親友，要麼是和基地有密切往來的政商名流，威爾榭基地的事都和他們有切身關係，所以他們雖然憤怒，但都希望能妥善解決問題，所以氣氛雖然有些亂，卻沒有再失控。舞台上，布布路雖然很替狄安娜感到心痛，但還是忍不住好奇地問：「你剛才說，奇拉翁繼承了科里森院長的怪物梅花糕……那一定是很神奇的怪物吧？怎麼沒見奇拉翁召喚過它呢？」

賽琳娜尷尬地對狄安娜說：「你別介意，布布路他只是想哄你開心。」

「沒關係，我已經對布布路的個性有所瞭解了。」狄安娜擺擺手，總算擠出一抹慘淡的笑意，指了指別在自己腰間的笛子，「它就是梅菲斯特，不是梅花糕。」

「笛子怪物？」布布路覺得新奇不已。

「我來解釋給你聽，」十三姬拉過布布路，小聲說，「梅菲斯特是超能系怪物，被稱為『魔笛』，只有在被它選中的主人手中才會顯現神力。」

「噢噢，我知道，就跟光明神之劍一樣。」布布路一本正經地點點頭，「而且，這魔笛厲害極了，能讓大家失去記憶……」

「不，那並不是讓人失去記憶的能力……」提到梅菲斯特，狄安娜悵惘的臉上浮現出一絲自豪，向布布路介紹道，「梅菲斯特可以吹奏出撫慰人心的美妙音樂，不管是受傷的心靈，還是暴躁的情緒，都會在梅菲斯特悠揚的『鎮魂曲』中恢復寧靜。鎮魂曲的吹奏強度會產生不同的影響力，只要吹奏者願意甚至能將人催眠，所以那些聽到笛聲的人才會失去記憶，其實是被奇拉翁催眠了……當年，科里森院長去世後，梅菲斯特繼承他的遺願，繼續守護着威爾榭基地，所以它並沒有精神崩潰或死亡，而是變成現在這種黯淡無光的樣子，沒人能再吹響它，它自己也不再發出任何聲音，只是靜默地矗立在科里森的墓前，誰都無法將它移動分毫。

直到有一天，基地裏的人突然聽到了久違的梅菲斯特的聲音，人們被悠揚的笛聲吸引到墓地，發現竟然是奇拉翁在吹奏它！當時，索納比院長說，梅菲斯特並非尋常的怪物，它能聆聽人類內心的聲音，奇拉翁的內心一定存在着強烈到足以吸引梅菲斯特的感情，所以梅菲斯特才會選擇他。」

「原來如此，」餃子若有所思地總結道，「與其說是奇拉翁吹響了梅菲斯特，倒不如說是梅菲斯特選擇了奇拉翁。」

「是的，主人內心的感情越強大，梅菲斯特發揮出的力量也就越大，所以被梅菲斯特選中的人，必須時刻謹記，克制自己的慾望，否則，吹奏者將淪為慾望的階下囚，鎮魂曲也會變成魔曲。」狄安娜神情複雜地看向奇拉翁。

「利用鎮魂曲來催眠別人，甚至抹去其記憶，這就是走火入魔的表現！」帝奇冷冷地說。

而那羣八卦記者似乎從狄安娜的話中捕捉到了甚麼，再次撲向舞台，大聲質疑起來：

「我們已經調查清楚了，這是個陰謀，奇拉翁根本就是威爾榭家族的走狗！」

「他是索納比院長收養的孤兒，一直對狄安娜小姐唯命是從，甚至還繼承了威爾榭家族的魔笛！」

「讓奇拉翁擔任院長，不就等於基地依然是威爾榭家族說了算嗎？」

原來那些八卦記者剛才鬼鬼祟祟地湊在一起，已經將奇拉翁的背景調查了個底朝天。

在八卦記者的挑撥下，賓客們和預備生們剛剛平復下來的情緒又被煽動起來了，驚疑、頓悟、憤怒的情緒再次在人羣中蔓延……

眼看局面又要失控，狄安娜焦急地從地上站起來，想要說點甚麼，可還沒等她站直身子，一道迅疾的身影突然筆直地朝她撲過來。

是奇拉翁！他要幹甚麼？布布路他們大驚，着急地要上前制止。

可是來不及了，奇拉翁已經出手了，不過，他的目標並不是狄安娜，而是別在她腰間的梅菲斯特！

回到奇拉翁手中，梅菲斯特頓時光華盡現，變成一支閃閃發亮的銀笛。奇拉翁面色陰鬱無比，毫不猶豫地將梅菲斯特送到自己嘴邊。

下一秒，悠揚婉轉的鎮魂曲響徹廣場。

笛聲如同源源不絕的鉛水，順着人的耳朵迅速注滿全身。布布路他們頓覺身體奇重無比，思緒也跟着笛聲的起伏頓挫而越發遲鈍，整個人像是被丟進黏稠的糨糊裏，沒法動彈了。

賓客們和記者們也全都安靜下來，他們臉上還殘留着憤怒的神情，身體卻全都定格了。

不知過了多久，笛聲終於停了下來，所有人都有如經歷過一場噩夢般，一個個虛弱無力地癱倒在地。

「你們聽着，我——奇拉翁，只代表我自己，和威爾榭家族沒有任何關係！」奇拉翁清冷的聲音有如亡靈之音般傳入每一個人的耳中，「我將是基地的下一任院長，這是我給各位的通知，而不是提議！你們沒有反對我的權利，因為任何反對我的人，統統別想走出這座山谷，這回聽懂了嗎？」

看台上一片死寂，預備生們、賓客們和八卦記者們面如死灰，一個個驚恐地連連點頭。

同伴默契度測試

Q06 請問以下哪一項是煉金術的產物？

A. 王水　B. 彩虹果　C. 怪物果實　D. 獵霸令

答案在本頁底部，答對得 5 分，你答對了嗎？

■即時話題■

餃子：照理來說，狄安娜的祖先南登・威爾榭利用《墮天錄》復活亡者，建立不死軍團是邪惡的行為，可他的所作所為又幫助關內百姓擊退了殘暴的敵人，為這座山谷帶來了和平。總覺得他不是個純粹的壞人，但他的行為又是頗有爭議的！

賽琳娜：我認為，不管出於何種目的，都不該使用禁忌的復活之術，這有違自然法則，必然要付出慘痛的代價！

布布路：如果這個世界上不存在邪惡的煉金術，那狄安娜現在就不用面對眾人的怨恨了吧？

帝奇：不，煉金術本身是沒有正邪之分的，歸根結底還是使用者的問題！

布布路：結果還是要歸結到南登・威爾榭身上啊……可我覺得狄安娜好可憐，我們就不能幫幫她嗎？

十三姬：我也很想幫狄安娜，但現在的情勢不是我們能隨便插手的。狄安娜也是理解這點的，我們先靜觀其變吧！

完成這個測試後，你可以鑑定自己與四位主角的默契程度。
測試答案就在第十四部的 215 頁，不要錯過哦！

尊敬的讀者：現在你跟隨布布路一起踏上了成為怪物大師的道路！向所有的困難發起挑戰吧！

這是成為怪物大師的必經之路!!!

MONSTER MASTER
LOVE & DREAMS

答案：A

新世界冒險奇談

第十三站 STEP.13

恐怖的異變

MONSTER MASTER 14

與怪物的融合

布布路他們驚愕不已，為了實現貪婪的野心，奇拉翁竟然如此不擇手段。

「奇拉翁，你休想用威脅來獲得院長的位置！」狄安娜的情緒被逼到了極限，忍無可忍地大聲喊道，「只要有我在一天，任何人都別想在威爾榭基地為非作歹！」

「庫嚕嚕！」狄安娜的胸針中一道白光乍現！

一隻身似駿馬、形如雄鹿的怪物在白光中傲然現身，它渾身覆滿白色的油亮短毛，高高昂起的頭上頂着如刀鋒一般遒勁的犄角，四肢肌肉輪廓分明，蹄子健碩有力地在地上來回踱着步。但仔細觀察就會發現，它的蹄子並沒有真正踏在地面上，而是有數股勁風將它托在半空，顯得格外威風。

「哇噢！」布布路眼睛瞪得比皮球還圓，「女王大人的怪物原來藏在胸針裏，真是帥呆了！」

賽琳娜趕緊掏出隨身攜帶的怪物圖鑒，驚訝地說道：「我記得曾經在圖鑒中看到過這隻怪物，應該是風元素系怪物——庫嚕嚕。但現在這隻怪物應該是進化後的形態，和圖鑒中記載的已經完全不同了，我得好好地記錄下來！」

「疾風利刃！」隨着狄安娜一聲喝令，庫嚕嚕輕盈地躍至半空，昂首挺胸，兩隻前蹄高高抬起，數道凌厲的疾風在庫嚕嚕前蹄下急速旋轉射出，如同利刃一般切向奇拉翁——

千鈞一髮之際，索納比院長猛地衝過來，擋在奇拉翁和狄安娜中間，大吼道：「住手！」

布布路他們大驚失色，心想，奇拉翁真是太卑鄙了，竟然用被催眠的索納比院長來牽制狄安娜！

「爸爸！」狄安娜臉色慘白地急忙收手。她的父親顯然不正常，他神情猙獰，雙目泛白，眼珠在眼眶內痙攣般地快速轉動，根本無法正常聚焦，看起來像極了剛才那些發狂的預備生。

但她絕沒想到，這僅僅是開始，眾目睽睽之下，索納比院長的身體正迅速發生着恐怖的變化——

他的鼻孔誇張地撐大，瘦削的肢體上暴突出誇張的肌肉線條，軀幹一下猛增數倍，將衣服撐得支離破碎，蒼白的皮膚上瘋長出有如倒刺般的堅硬鬃毛，頭上更是赫然長出兩支鋒利的牛角，口中則發出粗重的喘息，四肢憤怒地撞擊地面，生生在磚石地上砸出深深的凹痕。

眨眼間，索納比院長就變成了一隻巨型人形牛怪。

如果不是親眼所見，誰都無法相信，眼前這個恐怖的怪物會是索納比院長！

「這不是 A 級的物質系怪物 —— 金牛座嗎？」賽琳娜失聲驚呼。

「金牛座是我爸爸的怪物！但是……」狄安娜額頭青筋暴跳，眼前發生的一切讓她不知所措。

「難道，索納比院長他和自己的怪物融合了？」餃子倒吸一口涼氣，「人和怪物融合，這可是怪物大師的最大禁忌啊！」

「這也是催眠造成的嗎？」帝奇怒目看向奇拉翁。

「哞嗚 ——」和金牛座融合的索納比院長的背部詭異地弓起，憤怒地用變了形的巨掌轟轟地拍擊地面，用腦袋上的犄角在地面上噌噌地摩擦出火花。

突然，他前蹄高抬，後腿猛地發力，如同一頭被激怒的蠻牛，狂躁地朝着狄安娜狂奔而去！

無力的亂鬥

幾百名賓客、記者和預備生全都傻眼了，人怪合一的院長竟然突然撲向了自己的親生女兒。

「爸爸?」面對突然異變的父親，狄安娜一時之間幾乎無法思考，只是一動不動地站在原地。

糟糕，如果索納比院長那尖利的牛角刺中狄安娜，後果將不堪設想!

千鈞一髮之際，布布路高舉雙手，飛身撲向索納比院長，想要用雙手擒住他的牛角……

可布布路的手一觸到牛角，一股難以抵禦的巨力便透過手腕傳來，布布路整個人頓時被騰空頂了起來。

「小心!」賽琳娜驚叫道。餃子和帝奇也擔憂地看着布布路。

而布布路也算身經百戰了，見憑藉蠻力無法在第一時間制住瘋狂的索納比院長，便立刻調整重心，用雙腳死死地鉗住了牛頭，用身體將整個牛臉遮得密不透風。

這下子，索納比院長完全看不清前方的情況了。但陷入瘋狂的他卻沒有停下進攻腳步，像一頭瘋牛般東倒西歪地亂撞，最終衝向了坐滿觀眾的看台。

「不好！這些無辜的人要受傷了！」

人羣開始出現混亂，原本那些留在看台上的記者還想看看是否能採集到一些第一手的新聞素材，但看到幾近瘋狂的索納比院長已經邁着重蹄衝了過來，便都不顧一切地四散而逃。

緊緊抱住索納比院長的布布路被跌跌撞撞地折騰了好一陣，一直緊緊趴在布布路背上的棺材上的四不像終於不幹了，也不知道是劇烈的顛簸讓它產生了反胃的感覺還是甚麼別的原因，只見四不像一臉不滿的表情，然後張開了大口……

「完了……」餃子第一個發現了四不像的異常舉動。但已經來不及阻止了，一連串的紫色雷光球就如同四不像的嘔吐物一

般，噴湧而出。散開的雷光球落入看台，原本就岌岌可危的看台轟然坍塌，來不及撤退的人從看台上掉了下來，引發了更大的混亂和騷動……

「我們的學分，不會被扣成負數吧……」餃子一臉焦急地看着眼前混亂的局面。

成功「嘔吐」完之後的四不像，心滿意足地打了一個嗝。

布布路看到四處一片狼藉，意識到四不像搞的破壞可能比瘋狂的索納比院長更大，不由得心虛地咽了一口唾沫。

就在布布路分心的一瞬間，索納比院長毫無徵兆地突然發力，用力一甩頭，將布布路和四不像一同甩了出去。

重獲自由的索納比院長轉頭再次衝向了狄安娜，可狄安娜還呆呆地佇立在原地，難以置信地看着眼前發生的這一切，她根本無法相信向來威嚴和藹的父親會變成這個樣子。

被甩出去的布布路來不及再次伸出援手，餃子他們和精英隊也都忙着疏散人羣，不能及時回防，眼看狄安娜的性命危在旦夕！

嘭！就聽到揚起的塵土中傳來一聲如悶雷般的巨響。

兩對犄角重重地撞在了一起！是狄安娜的怪物庫嚕嚕！

它躍到了狄安娜的身前，並且用自己粗壯的鹿角擋下了院長的瘋狂撞擊。

只是因為狄安娜不在狀態，她的怪物顯然也有些力不從心，再加上元素系的怪物和物質系的怪物相比，力量本就有着不小差距，庫嚕嚕只能勉強招架，陷入地面的四肢更是在院長的推動下不由自主地向後退。

瘋狂的院長再次躬身蓄力，如同攻城巨錘般的身軀急速衝向庫嚕嚕。這次他鉚足了十二分的蠻力，絲毫沒有因為對手是自己女兒和她的怪物而留情。

隱藏的敵人

「爸爸，你不認得我了嗎？我是狄安娜啊！求求你，快點變回原來的樣子吧！」狄安娜痛苦地哭喊着，怎麼也無法對爸爸出手。

可狄安娜的呼喊和退讓卻沒能喚起索納比院長的理智，轟的一聲悶響，庫嚕嚕被撞開了。

「哞嗚！」索納比院長發出令人汗毛倒豎的嘶吼，高高豎起尖角，咆哮着向狄安娜刺過來。

賽琳娜和餃子倒吸一口涼氣，心跳幾乎都快停止了。

十三姬和朔月爭分奪秒地拔腿朝着狄安娜跑去，沒想到，有一個人比他們更快一步。

是奇拉翁！他飛身衝了過去，有如飛旋的刀片般的氣流瞬間在他身上切出一條條觸目驚心的傷口，可他就像是感覺不到痛一樣，不顧一切地用力將狄安娜推開。

下一秒，躲閃不及的奇拉翁被牛角猛地挑起，高高盪向半空，又重重摔落在地。

布布路他們全都看呆了，奇拉翁不是一心想登上院長的寶座嗎？怎麼會冒着犧牲自己生命的危險去奮不顧身地救狄安娜？

狄安娜一下子懵了，難以置信地捂住嘴。

殷紅的鮮血染紅了奇拉翁的衣服，奇拉翁重重地喘息着爬了起來，劇烈的疼痛讓他看起來有些踉蹌，但他卻咬緊牙關忍耐着，走向狄安娜，並用關切的目光看着她：「你沒事吧？」

「有事的是你才對吧？」狄安娜惶惑地看着奇拉翁，心中充滿了疑問和困惑，淚水卻不自覺地模糊了她的雙眼。

「為甚麼會變成這樣？」奇拉翁怒不可遏地對着空處喊了起來，「你明明答應過我，絕不傷害狄安娜的！為甚麼要騙我？」

狄安娜愣住了，奇拉翁喊話的對象顯然不是她，也不是索納比院長，他到底在跟誰說話？

布布路他們則如臨大敵，頓時警覺地繃緊了神經，毫無疑問，奇拉翁喊話的對象就是隱藏在暗處的同謀！

這時，原本晴朗的天空中突然飄來一大團墨汁般黑暗的鉛雲，將太陽完全遮住，陣陣陰風急促地湧向廣場……

新世界冒險奇談

第十四站 STEP.14

死而復生的真相

MONSTER MASTER 14

浮出水面的神祕同謀

沙沙，沙沙，沙沙……

一叢叢圍繞廣場生長的黑色彌砂花在風中詭異地搖曳起來，布布路眨了眨眼睛，腦中有似曾相識的記憶畫面閃過。

更讓人心神不寧的是，基地的地下正無聲無息地滲出水來，源源不斷湧出的水轉眼就匯聚成一條不見邊際的河流，河面閃爍着熒熒的藍光，漸漸淹沒了基地的整個地面。

「不好了！基地……基地發大水了！」一些想要偷偷溜出廣

場的賓客突然驚慌失措地往高處爬。

「這河水……」餃子三人心中也警鈴大作。不知不覺中，中央廣場淪為一座被詭異的河流包圍的孤島，所有人都被困在這座孤島上，陷入孤立無援的境地。

每個人心頭都充斥着強烈的不安，他們都感覺到有一股可怕的力量在威爾榭基地的地下蠢蠢欲動……

似乎是感應到巨大的威脅，暴躁的索納比院長竟然也安靜下來，牛角畏懼地貼着地面，擺出一副虔誠被馴服的模樣。奇拉翁和狄安娜則精疲力竭地喘着氣。

突然，靜靜的河水如沸騰的開水般翻湧起來，一隻手猛地從河面下伸了出來，緊接着，一個紅髮青年從水中浮了出來……

隨着那人的出現，眾人心中陡然升起一股徹骨的寒意。那紅髮青年正是令布布路幾人和精英隊記憶深刻的食尾蛇四天王之一——黃泉！

黃泉的身體緩緩地從水下升起，全身卻沒有被沾濕半分，翻湧的河水如同一條條有生命的觸手，高高將他托舉到半空。

「嘻嘻，布布路，想不到我們能在這裏見面，看來我們的緣分真是不淺啊！」黃泉發出令人不寒而慄的陰森笑聲，居高臨下地俯視着眾人，興致盎然地衝布布路揮手，然後不耐煩地對奇拉翁奚落道，「我好心好意幫你，沒想到你卻這麼沒用，連這點小事都辦不好！」

「原來奇拉翁的同謀是你！」布布路的拳頭捏得咔咔響。

「嘖嘖嘖，你怎麼能對我這個長輩這麼無禮呢？」黃泉陰陽怪氣地咂着嘴，對布布路說，「其實我是萬分不願把你捲入這場混亂的，可是沒辦法，唉，人生中的很多事情都是很難兩全其美的，為實現某些偉大的目標，就不得不犧牲一些礙事的人，比如你——我的同僚的兒子。」

「你們烏洛波羅斯能有甚麼偉大目標？」帝奇冷冷地說，「都是些見不得人的陰謀詭計！」

「烏洛波羅斯？」聽到帝奇的話，狄安娜頓時倒吸一口涼氣。

「沒錯，他是食尾蛇的四天王之一——黃泉！」賽琳娜補充道。

「食尾蛇的四天王為甚麼會出現在我們基地？」狄安娜驚恐地瞪大了眼睛，而奇拉翁則憤恨地質問：「你為甚麼要違背我們之間的約定？」

「你的意思是我騙了你嗎？呵呵，我可從來不做那種沒有格調的事。」黃泉一本正經地擺擺手，「我只是沒必要告訴你那麼多而已，因為，我和你之間只不過是簡單的交易關係。」

「交易？奇拉翁，你和黃泉進行了甚麼交易？」狄安娜急切地問。

「我……咳咳……」奇拉翁怒火中燒地瞪着黃泉，口中咳出殷紅的血沫。

「呵呵，」黃泉露出一抹邪惡的陰笑，輕描淡寫地說，「想知道我和他進行了甚麼交易嗎？我可以告訴你哦！因為我十分好奇，若是知道了真相，你會不會也像他一樣，跪在地上哀求我出手相助呢？」

「住口！」奇拉翁緊張地朝着黃泉吼道，「你不要胡說！」

「你竟敢對我如此放肆！」黃泉的半張臉上露出一抹兇光，雙臂高高舉起，厲聲喝道，「奇拉翁，我對你十分失望，不得不遺憾地通知你，我們之間的交易作廢了！」

咕嘟咕嘟，霎時間，包裹着廣場的河水沸騰起來，水面下翻湧出不祥的黑色氣泡，黃泉的手中不知何時出現了一面石骨鏡。

「我記得那是由叫九幻夢貘的怪物頭骨做成的祕鏡，能儲存映入黃泉水中的影像！」布布路驚叫道。

「想知道真相就自己看吧！」黃泉輕蔑地笑起來，瞇起充滿惡意的眼眸一一打量着眾人。

狄安娜和布布路他們抬頭看去，鏡子中映照出的是絕對想不到的恐怖一幕——

只見匍匐在地的索納比院長映在黃泉水中的倒影竟然形如枯骨，而且還散發着一股濃烈的腐臭味，熏得人呼吸困難……

布布路動了動鼻子，赫然記起了這種熟悉的異味，原來自己之前被四不像嫌棄就是因為沾染了院長身上的腐臭……

無人知曉的禁忌交易

和金牛座融為一體的索納比院長映在黃泉水的倒影現出了原形——一具屍骸！

廣場上發出一片倒吸涼氣聲，所有人都驚懼不已地看着這一幕。

「爸爸！不！這不是真的！」狄安娜感到體內的血液瞬間被凍住了，恐懼、不安、怨恨、懊悔、無奈……無數種情緒交錯而過，這種混亂感讓她雙腿一軟，跌坐在地上，幾乎失去了知覺。

「我的天，難道奇拉翁想要復活的人是……索納比院長嗎?」賽琳娜嘴唇發抖地說。

「現在你滿意了吧?」黃泉充滿惡意地看着奇拉翁，「當初是你跪在地上苦苦哀求，我才勉為其難願意跟你交易，復活索納比這個老頭的，既然交易不成，那就怨不得我了!」

奇拉翁捂着受傷的腹部，萬念俱灰地喃喃道：「都是我的錯……」

狄安娜面色蒼白地看向奇拉翁，用沙啞的聲音哀求道：「奇拉翁，事到如今，你還打算繼續隱瞞嗎?把一切都告訴我!」

奇拉翁失神地看着狄安娜，喉嚨裏發出一聲長歎，終於不再保留，說出了他隱瞞多日的祕密：

一個星期前，奇拉翁被索納比院長祕密叫到了辦公室。

原來，索納比院長對自己的身體狀況心知肚明，他很清楚，自己的生命即將走到盡頭。對於自己的人生，他沒有甚麼遺憾，唯一放心不下的就是獨生女狄安娜，她的年紀還小，個性衝動，又不懂人情世故，他很擔心她稚嫩的肩膀能否扛起管理基地、維護關內和平的重任。

這天，正好是狄安娜曾祖父科里森的忌日，索納比祭拜完祖先，便特意將行事沉穩的奇拉翁叫來，拜託他照顧和輔助狄安娜。

可談話才進行到一半，索納比院長卻突發心悸，奇拉翁用盡全部方法進行急救，但無力回天，只能眼睜睜看着院長咽了氣。

就在奇拉翁六神無主的時候，窗邊的黑影之中突然探出一道黑沉沉的影子，一個半張骷髏臉的男人向他走來。奇拉翁驚恐地護着院長的屍體，厲聲呵斥道：「你是誰？潛入院長室做甚麼？」

「我是誰不重要，重要的是，你有沒有興趣跟我做一筆交易？」男人目光叵測地望着索納比院長的屍身，陰森森地說，「我可以讓索納比院長死而復生！」

要是平時，奇拉翁一定不會相信這種話，可此時，如果能救活索納比院長，多荒唐的事他都願意去嘗試，他迫不及待地問道：「你需要我做甚麼？」

「索納比復活後，我要你用梅菲斯特催眠他，在學園祭上幫我演一齣好戲……」男人陰森森地開出他的條件。

奇拉翁驚呆了，一臉慍怒地說：「你讓我當眾詆毀威爾榭家族的百年聲譽？這絕不可能！」

「如果你接受這個交易，事成之後，你就是威爾榭家族的新接班人。」男人不以為意地挑挑眉，自顧自地說，「如果你不答應，我也一定能用其他辦法達到目的。不過在這個過程中，會不會危及基地和這座山谷的和平，還有狄安娜的性命，我就不能保證了。如果你不相信我的話，大可以拭目以待。」

說完，男人似笑非笑地抱起手臂，似乎是將決定權交到了奇拉翁的手中。

男人周身散發出令人膽寒的氣息，那氣息的根源是足以毀滅一切的自信和力量。奇拉翁明白了，要保住山谷和基地，保住自己和狄安娜的性命，他只能答應男人的交易……

隨後，男人將院長的屍體放在室外的彌砂花叢中，將手貼到地面。閃爍着熒熒藍光的水頓時從地面湧出，匯聚成一條河流，所有被河水灌溉過的彌砂花全都變成了黑色。而更讓人震驚的是，躺在彌砂花叢中的院長睜開了眼睛，院長真的復活了！

但是活過來的院長看起來目光渙散，氣息不足，顯然不對勁。男人告訴奇拉翁，復活之術並沒有這麼簡單就能完成，奇拉翁必須用黃泉水澆灌基地內剩餘的彌砂花，如果被人發現，就用梅菲斯特將之催眠，然後再讓被催眠者喝下黃泉水，抹去他們的記憶。

當基地裏的所有彌砂花都變成黑色，索納比院長就將完全復活……

「對不起，當時我想到了我的父母，他們為了和平而走上戰場，但堅持正義的他們卻連自己的孩子也無法守護……所以我不要當甚麼英雄，只要能守護重要的東西，即使我成為罪人又有甚麼關係呢！」奇拉翁眼中滾下兩行悔恨的淚水，無地自容地說，「我以為，只要照着他的話做，就能保住一切，沒想到還是鬧到這樣不可收拾的地步。我怎麼也沒想到，那男人是食尾蛇的四天王之一黃泉，我竟然引狼入室，鑄成不可饒恕的大錯！事到如今，我甘願承擔應受的責罰！」

同伴默契度測試

請問你知道之前被布布路他們破壞的黃泉的大本營是建在哪裏的嗎？

A. 極樂園　　B. 地獄皇后島

C. 猩紅森林　　D. 沙魯

答案在本頁底部，答對得 5 分，你答對了嗎？

■即時話題■

餃子： 沒想到黃泉的怪物有那麼了不起的本事，居然能讓黃泉從窗邊的黑影之中探出，那就意味着影子是一扇門，而他可以隨意出入其中！

賽琳娜： 那豈不是防不勝防？

帝奇： 我覺得他是那種會乘機出入十字基地、打探消息的人！

黃泉： 哼哼，沒想到你們的反應還挺快，的確，我是去過十字基地幾次，完全沒有被任何人發現，只除了一次例外情況！

布布路： 嗯？是甚麼例外情況？

黃泉： 不小心出現在女廁所，被打掃的大嬸追着在十字基地裏跑了一圈，從此我就再也不去了！

布布路四人： 果然高手在民間……

完成這個測試後，你可以鑒定自己與四位主角的默契程度。
測試答案就在第十四部的 215 頁，不要錯過哦！

MONSTER MASTER +LOVE & DREAMS+

這是成為怪物大師的必經之路!!!

尊敬的讀者：現在你跟隨布布路一起踏上了成為怪物大師的道路！向所有的困難發起挑戰吧！

新世界冒險奇談

第十五站 STEP.15

百年往事

MONSTER MASTER 14

成長與蛻變

陰森森的黑雲籠罩着山谷，被黃泉水淹沒的威爾榭基地裏一片靜默。震驚之餘，每一個人都因所發生的一切而悲憤不已。

誰也沒想到，索納比院長居然一週前就離世了……而此刻食尾蛇四天王之一的那個人竟然還操縱着院長的屍骨……

終於得知真相的狄安娜如置身寒冷的冰谷，渾身瑟瑟發抖，連眼淚都流不出來了。

奇拉翁自責地低着頭，從小認識他們的十三姬和朔月一時之間也不知道說甚麼才能安慰狄安娜。就在氣氛沉悶得即將凝固的時候，雕像般的阿不思莫測高深地開口了：「人類啊，有時候只有在背離自己使命的道路上，才能達成自己的願望呢……」

他的話讓眾人為之一怔，餃子感慨地沉吟道：「奇拉翁雖然做了錯誤的選擇卻情有可原，他只是想守護他所在意的人而已。」

「如果換作是我，說不定，也會做出和奇拉翁一樣的選擇。」大姐頭也輕聲說。

「哼，說到底，最可惡的還是拿人命當籌碼來做交易的傢伙。」帝奇冷冷地瞪着一副看好戲模樣的黃泉。

「對！黃泉總是這樣，利用人類的情感來操縱人！真是太卑劣了！」布布路扶起狄安娜，大聲說道，「所以，振作起來，狄安娜！不要被這樣的傢伙打倒！如果院長大叔還活着，他一定不想看到你這副模樣啊！」

「如果爸爸還活着……」布布路的話讓狄安娜的表情漸漸平靜下來。

她閉上眼睛，努力調整着呼吸，爸爸曾對她說過的話也在腦海中浮現出來——

「孩子啊，真正的強者，不是踏着敵人的血泊走向勝利的人，也不是以一敵百金榜題名的人，而是在無數挫折和困難中戰勝自己的人，是無畏地向死神挑戰，同命運抗爭的人……所以，爸爸希望你不要逞強，用最真實的心來面對自己吧……」

等狄安娜再睜開眼睛時，女王般的自信和魄力又重新回到她身上，她真誠地看着奇拉翁說：「奇拉翁，你無視生死規則，擅行禁忌之術，催眠同學，操縱院長……雖然我知道你這麼做是為了我和我的父親，但我不會輕易原諒你，你知道為甚麼嗎？」

奇拉翁錯愕地抬起頭，布布路一行人也緊張地放輕了呼吸。

「因為你不該欺騙我！」狄安娜鏗鏘有力地說，「奇拉翁，我們從小一起長大，不論遇到甚麼事，我們都該一同分享、一同承擔。可你卻凡事忍讓我，處處照顧我，好像天塌下來你也會替我頂着！但我需要的不是一個將所有苦和罪都扛在自己身上的擋箭牌，而是一個可以跟我共同成長，並肩戰鬥，一起面對風雨和挑戰的同伴！」

同伴？狄安娜的話讓奇拉翁如醍醐灌頂，他想到了兩個人年幼的時候，明明是比自己還要弱小的女孩子，可狄安娜的眼中總是閃爍着堅忍和果敢的光彩，彷佛任何困難她都能解決。每當和狄安娜在一起，他的心中總是會不自覺湧出無窮的希望和鬥志。漸漸地，他開始希望自己變得強大，變得能夠保護她。這一路的成長過程中，他也是這麼做的，但他忽略了一點……他忘了，狄安娜從來都不是個弱者！

「對不……」奇拉翁正準備道歉，狄安娜卻揚手阻止了他。

「用你的行動來表達歉意吧！那個利用人心的脆弱編造謊言，甚至褻瀆了爸爸的罪魁禍首，不要再被這樣的傢伙擺佈了。站起來，跟我以及威爾榭基地的所有預備生一起戰鬥。不管食尾蛇組織有甚麼陰謀，我都不會讓他們得逞！」狄安娜語氣激昂地說。

重新站立起來的狄安娜身上洋溢着像她祖輩一般的領袖鋒芒，讓奇拉翁感動極了。他們身後那些原本不知所措的預備生也重新振作起來，紛紛摩拳擦掌地表達心意：

「我們威爾榭基地絕不向惡勢力屈服！」

「我們不會辱沒祖先傳承下來的榮耀，堅決和食尾蛇戰鬥到底！」

賓客們和八卦記者們也恍然大悟，原來這一切都是食尾蛇組織的陰謀。雖然索納比院長過世了，但他的女兒卻迅速成長起來，她一定能像祖輩一樣，領導威爾榭基地擺脫困境，重現和平和榮耀。

「嗚嗚，女王大人好棒！」布布路激動得涕淚橫流，不停用袖子擦鼻涕。

「如果索納比院長在天有靈，看到狄安娜的樣子，一定會感覺很欣慰的。」十三姬和朔月也感動地抹着眼淚。

「呵呵，真是一齣感人肺腑的好戲啊。」就在這時，黃泉懶洋洋地打破感人的氣氛，嗤笑道，「看來，我不得不遺憾地告訴你們一個殘酷的事實，索納比雖然被催眠了，但他剛才所說的卻句句屬實，南登·威爾榭本人用《墮天錄》打造亡者軍團的黑暗歷史乃是不爭的事實！」

黑暗歷史的證據

黃泉竟然說，威爾榭家族的黑暗歷史是真的！

「住口，我不許你再詆毀我的祖輩！」狄安娜勇敢地站出來，厲聲喝止黃泉。

「我可沒詆毀你的祖輩，因為鐵一般的事實就擺在你們眼前。」黃泉像聽到了無比好笑的笑話，一隻血紅的瞳仁裏閃出冰冷的光，一字一頓地說道，「我的身體就是證據，因為我就是傳說中那個從亡者之國復活歸來的預備生！」

黃泉的話猶如一枚重磅炸彈，直炸得大家的大腦陷入無法

運作的地步，一時間，廣場上鴉雀無聲。

「黃泉說他是個死而復生的人嗎？」布布路好不容易回過神來，盯着黃泉那張臉，恍然大悟道，「普通人的確不可能長成他這樣。」

狄安娜警惕地看着黃泉：「這是怎麼回事兒？你把話說清楚！」

「好啊！我也很想跟你們好好聊一聊往事，說起來，我曾經也是威爾榭基地的一名預備生呢。」黃泉紅色的瞳仁泛出冷冰冰的光，陰森森地講述起來——

原來黃泉和科里森都曾是威爾榭基地同屆預備生中的精英。

十九歲那年，黃泉當上了預備生委員會主席，他是前所未有的累計學分最高者，不論在理論還是在實踐方面都獨佔鼇頭，深受其他預備生的崇拜和敬仰；而作為下一任院長接班人的科里森則是個沒甚麼朋友的怪人，他熱愛煉金術，熱衷於調製各種藥劑，因此有人謠傳威爾榭基地的繼承人將在這一屆打破世襲的傳統，由外姓人繼承。

但黃泉和科里森卻很聊得來，也認為科里森的各種實驗很有意義，因此兩人成了最好的伙伴和最大的競爭者。

一次，兩人相約去墓地探險，在因雷暴而損壞的威爾榭墓碑下，他們無意中發現了那卷寫滿邪惡祕術的《墮天錄》。當時，他們並不知道那個寫滿金色手寫密文的殘破卷軸是甚麼東西。經過簡單的翻閱後，科里森對卷軸產生了濃厚的興趣，他認為從配圖上來看，這卷軸應該跟煉金術有關。

科里森決定把卷軸帶回去，但私自從祖先的墓室內帶走遺物是不敬之事，所以，他央求黃泉保守祕密，而黃泉也欣然答應了科里森的請求。

回去之後，科里森就興致勃勃地偷偷研究起卷軸上的內容，他興奮地告訴黃泉，如果能完全解讀這個卷軸，他就能操縱人類的生死！

僅憑一個破卷軸怎麼可能操縱人類的生死呢？黃泉並沒有將科里森的話當真。但因為科里森想留在家中研究卷軸，第二天，黃泉被拜託代替他出去單獨執行任務。

沒想到，這正是悲劇的開端——

完成那次任務回到基地後，黃泉病倒了。

基地派人請來住在關內的醫療怪物大師為黃泉治療，診斷的結果是外出感染了風寒，需要好好休息，半個月左右自會痊癒。

黃泉十分着急，因為幾天後就是一年一度的學園祭，這是他第一次以預備生委員會主席的身份主持學園祭，基地裏有許多事情等着他去解決，可他現在卻只能整天躺在牀上，渾身發熱，動彈不得。

更讓黃泉感到煩躁不安的是，自從他生病以來，竟然沒有一個人來看望他，連最好的朋友科里森也沒出現。難道他們都把自己忘了嗎？

終於，在學園祭的前一晚，科里森來到黃泉的宿舍。科里森掏出一瓶自製的藥劑，神祕兮兮地對黃泉說：「這是我特意為

你調配的神藥，只要喝下它，我保證你的病明天一早就能痊癒，健健康康地去主持學園祭！」

黃泉十分感動，毫不猶豫地接過藥瓶一飲而下。

可他萬萬沒想到，這居然是一瓶致命的毒藥！當天夜裏，黃泉從噩夢中驚醒，想要喊人，嗓子眼卻像是被鉛塊堵住了，一張口就吐出一攤黑血。他的體內彷彿生起了一把火，骨頭、肌肉和皮膚都泛起尖銳的疼痛，五臟六腑更是灼燒般苦痛難耐！

當黎明來臨時，黃泉望着窗外升起的第一顆啟明星，在怨恨和孤獨中停止了呼吸……

然而悲劇並沒有就此結束，死亡並不是他的終結，不知過了多久，黃泉竟然再次睜開了眼睛，死而復生了！

新世界冒險奇談

第十六站 STEP.16

亡者之國的歸來者

MONSTER MASTER 14

絕望的牢籠

在威爾榭基地的墓地裏，再次活過來的黃泉躺在黑色的彌砂花叢中，驚恐地撫摸着自己恐怖的身軀 —— 他只有半邊臉是正常的，另半邊則是骨頭！

離他幾步遠的地方，倒着一個熟悉卻蒼老的軀體，那是白髮蒼蒼的科里森……

黃泉踉蹌着爬到科里森身邊，卻發現他早已氣絕身亡。

由於煉金術的中斷，黃泉的復活儀式沒能徹底完成，變成了半人半骷髏的恐怖模樣。黃泉的心中充滿了驚懼和無助，他倉皇地尖叫和奔跑着，衝出墓地，在基地裏引起軒然大波，很快他就被聞訊趕來的幾名怪物大師聯合制伏，收押起來。

暗無天日的地牢中，黃泉的腦中充滿了各種各樣的尖叫聲——

「別過來，你這個鬼東西！」

「殺了他，反正他又不是人！」

「滾開，這個噁心的怪物……」

巨大的羞辱感讓黃泉痛不欲生，他用頭去撞牆，用被銬起來的雙手去摳地面上堅硬的石塊，頭破血流、指甲磨斷……但他卻怎麼也死不了……

聽看守們議論，不久之後，他就將被移交給怪物大師管理協會，等待着他的大概是無休止的科研實驗或人道毀滅吧！

一切都毀了，黃泉彷彿聽到了自己內心崩壞的聲音，他感覺到自己的五感正在漸漸散失……

就在這時，一個溫柔的女聲在他的耳邊響起：「可憐的孩子，看看你把自己弄成甚麼樣子了！為甚麼要這麼折磨自己？明明錯的人不是你！」

黃泉的意識瞬間清醒過來，黑暗的囚室裏照進了一道明亮的光芒，光芒之中依稀可見一個女人的輪廓，她循循善誘般地說道：「不人不鬼的孩子，在世間是不會被認可的。人們會將無法理解的事物視為異類，甚至加以迫害，這就是普羅大眾的認知……所以，加入食尾蛇吧，我來為你製造容身之所！在虛偽的世界之外的孤島上，捍衛自己的榮耀、勇氣和尊嚴吧……」

食尾蛇？黃泉聽說過那是個隱匿在黑暗中的邪惡組織，但眼前那個女人卻異常美麗，清澈的瞳孔中沒有一絲污穢，她笑着對黃泉伸出了手，看起來就像冬日陽光般温暖。

不知不覺間，淚水模糊了黃泉的視野，他緩緩握住了這隻手，當絲絲縷縷的温暖傳遞過來的這一刻，他意識到，他真正地重獲新生了。

「世人都以為食尾蛇是吞噬自己尾巴的貪婪之蛇，但誰又知道牠其實是蠶食着昨日的自己，讓今日的自己重生，象徵着生命輪回往復的蛇呢？」黃泉發出令人不寒而慄的陰冷笑聲，聲音尖厲地說，「我把科里森當成志同道合的同伴，他卻將我當成黑暗煉金術的試驗品，把我變成這副樣子！可惜啊，喚醒亡者是禁忌之術，違背常理勢必受到上天的懲罰，科里森大概沒料到自己會因此一命嗚呼吧！不過他留下的那本《墮天録》倒是不折不扣的好東西，利用它，我製造出黃泉水，跟赤火雲豹簽下紅蓮之火的契約（詳見《怪物大師·世界之巔的死亡珍獸宴》），為新生的我提供了很多趣味啊！怎麼樣，事實的真相沒讓你們失望吧？哈哈哈！」

黃泉的話讓狄安娜渾身的血液都仿佛凍住了，她怎麼也沒想到，復活黃泉的人竟然是她引以為傲的曾祖父科里森，而那本《墮天録》更是在百年間一直為禍人間！

「你在基地裏暗中做的一切，原來都是為了復仇？！」奇拉翁背脊發涼地說。

「沒錯，我恨科里森！如果不是他，我不會痛苦地死去，更不會癲狂地活過來，所以每年他的祭日，我都會偷偷返回基地，在他的墓碑前詛咒他、唾棄他！不僅是他，還有這座由威爾榭家族創立和守護的基地，這裏寫滿了我的血淚和屈辱，我回到這裏，就覺得身體髮膚都冒出刺骨的恨意！」

黃泉咬牙切齒地說，「這些年來，我時刻留意着任何一個能讓我顛覆威爾榭基地的機會！我毀掉了所有和自己有關的文本資料，並在檔案室裏設下影子陷阱，直到今年科里森的祭日，我終於等到了復仇的機會！利用奇拉翁這枚棋子，一切都事半功倍啊，哈哈哈！」

布布路他們全都明白了，黃泉的真正目的是要徹底顛覆威爾榭基地！他不僅希望威爾榭家族身敗名裂，更想將自己當年遭受到的痛苦原樣返回給科里森的子孫，讓索納比變成活死人，讓他和狄安娜眾叛親離……

歸來的地下軍團

黃泉那包含着無限悲傷和憤恨的情緒如滔天巨浪般撲面而來，空氣彷彿不夠用一般，令人喘不過氣來。

只有那羣八卦記者，他們緊緊握住手中的榴槤錄音筆，彼此擠眉弄眼，交換着誇張的表情——

「嘖嘖嘖，這絕對是能遺臭萬年的大醜聞啊！」

「相比之下，我們平時費盡心思捏造的新聞簡直不值得一提！」

「繼續啊，讓醜聞的暴風雨來得更猛烈一點吧，哈哈哈……」

黃泉瞪着一顆血紅的瞳仁，緩緩張開雙臂，冷漠地質問在場的所有人：「偷竊、背叛、發動不義之戰、謀殺、行禁忌之術……威爾榭家族的所作所為，放到你們自詡正義的怪物大師世界裏，應該受到怎樣的處罰？被害者的痛苦，難道就能漠視嗎？」

「說得對！不能漠視！」八卦記者團異口同聲地亢奮回應道，一副恨不得火上澆油、火中加炭的模樣。

黃泉不屑地瞟了他們一眼，用企圖毀滅一切的神情宣告道：「是時候血債血償了！」

簌簌，簌簌，簌簌，黑色彌砂花瓣隨着旋渦般的狂風漫天飛舞……

「焦黑的大地啊，顫動吧；時間的洪流啊，咆哮吧；地獄的黑暗之門啊，為我敞開吧！枯骨與亡靈都臣服於我腳下，成為我向世界宣戰的復仇之刃！」黃泉從胸口掏出一個焦黑的殘破卷軸，口中唸唸有詞。

卷軸在狂風的拉扯下散開，如蛇般扭動着懸浮到了半空中，它的周身纏繞着一股不祥的黑氣，天空也變得烏雲密佈，厚重的黑雲將原本晴朗的天空重重包圍。當最後一縷陽光也被黑雲遮住的時候，原本浸沒了整個廣場的黃泉水竟然被大地吸收得一乾二淨。

「嗷——」隨着黃泉仰天一聲怪叫，上天也如同感受到他的憤怒與仇恨而做出回應一般，一道游龍般的霹靂從天而降，不偏不倚地擊中了飄浮的卷軸，卷軸發出紅得發黑的詭異光芒，讓人不由得聯想起地獄最深處的邪惡。

轟隆隆！轟隆隆！大地開始有節奏地顫動起來，一道長長的口子從黑沉沉的地底向上裂開，如蛛網般蔓延伸長。

大家的腳下，地面如波浪般起伏不定，地底似乎有甚麼東西在蠢蠢欲動……直覺告訴布布路，那是一股異常強大的力量，並且正在朝他們逼近。

咔！咔！土石崩裂，塵土飛揚，一股潮濕而腐敗的氣息瀰漫開來，無數乾枯的手從地下伸出，幢幢黑影爭先恐後地爬了出來！

當人們看清楚這些人的樣子的時候，全部都倒吸了一口涼氣。他們衣衫襤褸，歪歪斜斜地向着中央廣場走過來。

這不就是黃泉之前所描述的亡者軍團嗎？！所有人都雙目圓睜，難以置信地看着眼前發生的這一切。

狄安娜揉了揉眼睛，露出震驚不已的表情，因為在這些亡者之中竟然有不少她十分熟悉的面孔，那些面容她曾經無數次在威爾榭家族的族譜相冊上看到過……唯一不同的是，此刻這些毫無生氣的熟悉面孔不再慈祥，變得蒼老又破敗，猙獰而邪惡。

誰也沒想到，威爾榭家族已過世的歷代祖先們，一個一個從地底爬了出來。其中有一個人格外引人注目，他的身材比其他人高出數倍，如小山般魁梧，一身肌肉如老樹盤根，周身散發着凜冽的逼人氣勢……布布路定睛一看，那人竟然跟中心廣場上那尊威武的雕像一模一樣，正是威爾榭基地的創始人——南登・威爾榭。

「哈哈哈，這就是由你們威爾榭家族組成的亡者軍團！」黃泉歇斯底里地在狂風中興奮地咆哮。

「我的天，那卷軸難道就是《墮天錄》？」賽琳娜驚懼地說。大家這才意識到，剛剛黃泉正是利用了《墮天錄》，將長眠在威爾榭基地的所有逝者亡魂強行召喚出來了！

「你不是說喚醒亡者是禁忌之術，違背常理，將受到上天的懲罰嗎？」奇拉翁面色慘白地質問道。

「懲罰？那是對於普通人而言，你認為還有甚麼能將我這個『死人』的生命再次奪走嗎？」黃泉輕描淡寫地說。

黃泉的話讓人無力反駁，眼看那支亡者軍團緩緩逼近，奇拉翁忍着傷痛不顧一切地再次舉起了魔笛，希望通過鎮魂的笛音來解救這些受控的亡靈。

他泣血般吹奏起鎮魂曲，空靈的樂聲飄飄盪盪如靈蛇般四處遊走。

狄安娜雙手合十，緊張地屏住了呼吸，彷彿在期待着奇跡的降臨……

但命運的走向卻是殘酷的，不管奇拉翁如何用力吹奏，都徒勞無功，那些都是已死之人，只是聽命於黃泉的木偶而已。

咳咳，奇拉翁劇烈地咳喘着，端着魔笛的雙臂無力地垂下來，他眼神黯淡地看着眼前的一切，他知道自己已經鑄成大錯、無力阻止了……

這是成為怪物大師的必經之路!!!

尊敬的讀者：現在你跟隨布布路一起踏上了成為怪物大師的道路！向所有的困難發起挑戰吧！

同伴默契度測試

請問以下哪一位曾當過黃泉的手下？

A. 餃子　　B. 花卷

C. 雲吞　　D. 肉包

答案在本頁底部，答對得 5 分，你答對了嗎？

■即時話題■

餃子：說起來，黃泉既然可以自由穿梭於影子之中，那他豈不是可以時不時地檢查一下自己的手下，看看他們是不是做了對不起他的事情？

賽琳娜：我覺得這沒甚麼用處，他的手下可以在行為上對他唯唯諾諾，在思想上卻厭惡、鄙視他！比如花卷，我敢打包票，當初在極樂園看到黃泉操縱雲吞的時候，花卷一定在心裏唾棄着黃泉，恨不得把他暴打一頓！

布布路：我覺得黃泉「說話囉哩叭唆，還喜歡繞彎子」這點很討厭！

帝奇：這是作者的設定問題吧，明明是個邪惡的反派角色，偏偏還要散發出「本大爺是萌萌的、帥帥的」這種「中二」氣質，不欠揍才怪！

黃泉：哼，本大爺才不會被你們四個小鬼的批評傷到心！（堅強地握緊雙拳）

完成這個測試後，你可以鑒定自己與四位主角的默契程度。
測試答案就在第十四部的 215 頁，不要錯過哦！

答案：B

新世界冒險奇談

第十七站 STEP.17

各自的戰場

MONSTER MASTER 14

突破與守護

黃泉召喚出來的亡靈軍團雖然面容枯槁，戰鬥力卻不容小覷。

原本就是怪物大師的他們每個人都有着卓越的戰鬥力！

他們開始瘋狂地襲擊目力所及的每一個活人。所有人都被這地獄一般的光景嚇得戰慄不止，就連素來衝鋒在新聞第一現場的八卦記者們也心生畏懼，開始倉皇逃散。

「哈哈哈，誰也別想逃啊！你們知道索納比院長為何要下達基地封鎖令嗎?你們以為真的是為了查出暗中搗亂的人嗎?」黃泉邪惡地獰笑着,「這是我的甕中捉鼈之計啊!」

混亂的人羣這才意識到基地大門已經封鎖了,更加絕望,面對撲上來的亡者們,人羣中的慘叫聲不絕於耳……

「可惡!黃泉一開始就計劃好了!」

精英隊的三人不由分說便衝入人羣之中開始對抗亡者軍團解救民眾。

這些亡者似乎並不具備複雜的思考能力,在黃泉沒有給他們進一步指示的情況下,他們好像只會選擇距離自己最近並且最強的人作為攻擊目標,精英隊三人的加入瞬間就吸引了大部分亡者的注意力。

十三姬召喚出九尾狐,大喝一聲:「九九!紅蓮火焰!」

只見九尾狐展開它的九條尾巴,如同一柄形似紅蓮的巨扇,每次扇動巨扇就會有無數狂舞的烈焰淩空躥出,奔騰的火舌朝着亡者軍團猛撲過去。

阿不思釋放出無數騎士甲蟲的分身,在廣場上空建起一個三百六十度無視覺死角的戰鬥環境。身着黑袍的阿不思瞬間就隱沒了自己的氣息,默默地緩步走入亡者軍團之中,那些被擊中的亡者連哀號都沒來得及發出就悶聲倒下了。

而朔月這邊的情況則更為詭異,他和惡魔酷丁呆站着,一動不動,但他們周身的那些亡者卻自己相互廝殺了起來。但只要仔細看就會發現,那些倒戈的亡者有些細微的不同,他們的雙眼閃耀着藍色的幽光,和其他那些雙目無神的亡者截然不同，顯然是受到了不同力量的操控。再看惡魔酷丁睜大的雙眼也綻放出耀眼的藍色幽光，如同黑夜中的燈塔一般。原來朔月正在利用惡魔酷丁的黑暗能力，控制這些復蘇的亡者，只是由於黃泉的掌控力過於強大，所以朔月只能做極小範圍的操縱。

精英隊的三人攻勢猛烈，他們拼盡全力對抗這些被黃泉復活的亡者。但亡者軍團的成員實在太多了，還有不少亡者在沒有目標地徘徊，伺機攻擊那些逃竄到他們攻擊範圍內的人，混亂散開的人們根本就無法安全地撤離。

死亡的危機和恐懼如同一張巨網，無情地將所有人緊緊籠罩。

怎麼辦？布布路四人相視一眼，正準備加入戰場，這時賽琳娜向前一步，站了出來，「你們還有其他任務，這裏讓我來！」

順着賽琳娜的目光看去，布布路發現遠處有一羣顯得與眾不同的亡者。他們顯然擁有更為敏銳的感官，一直在觀察着戰

局，這羣亡者正是威爾榭家族歷代的祖先，為首的正是南登・威爾榭。

「原來如此！」布布路三人頓時明白了賽琳娜想說甚麼，默契地兵分三路，朝不同方向衝了出去。

而賽琳娜則爬到中央廣場的最高處，召喚出水精靈。

「借我力量吧，水之牙！」賽琳娜金髮飛揚，她張開的雙臂上浮出耀眼的淡藍色銘文。水精靈的體形瞬間膨脹拉長，透明的翅膀扇動着，空氣中的每一個水分子都盈盈跳動着，在它和賽琳娜的周身形成一股清亮的水流。水流旋轉着，旋轉着，化為一堵幾人高的水牆，旋轉的水牆以賽琳娜為中心點，向兩端不斷延伸……

這是蘊含着水元素始祖怪海因里希的純水之力的神聖障壁，這道神奇水牆的建立完全阻隔了亡者軍團的腳步。不管那些亡者如何瘋狂攻擊，薄薄的水牆紋絲不動，防禦能力不輸給賽琳娜的六面冰凌盾，但普通人卻可以輕易穿過。

看到這一幕，所有的人如同看到救世主一般，開始瘋狂地擁向賽琳娜身邊尋求庇護。

實戰中的新招數

賽琳娜每次使用水之牙的力量，都會因為負擔過於沉重，身體陷入極度疲勞的狀態，需要非常長的時間恢復。

所以賽琳娜一直在尋找非一次性爆發，而是能更加穩定持續地釋放水之牙力量的辦法。幾週前她在一本有關怪物實戰技巧的書籍中發現了一種名為「神聖障壁」的水系防禦技能，她私下嘗試着使用水之牙的力量作為引導施展這個技能，效果非常好，也能持續相當長的時間。不過平時建立的屏障只有三五米而已，而現在這個有半個操場那麼大的神聖障壁，賽琳娜也是第一次嘗試，但顯然，她成功了！

賽琳娜和精英隊三人的發揮牽制了絕大部分的亡者，原本一邊倒的戰局開始慢慢穩定了下來。逃跑的人羣在賽琳娜的保護下終於有了喘息的機會，亡者軍團摧枯拉朽的攻勢也得到了遏制。

幾乎同一時刻，布布路三人也在迅速突破。

帝奇敏捷地穿梭在亡者與亡者之間，速度之快讓反應遲鈍的亡者們甚至都沒發現他的存在。他的身影很快隱匿於亡者軍團中，彷彿消失一般，不見了。

餃子召喚出了藤條妖妖，並低聲發出了指令：「藤鞭！」

藤條妖妖背上嗖嗖嗖朝半空射出三條藤鞭，奇怪的是它的目標似乎並不是那些亡者，三條藤鞭飛至半空後緊密地相互纏繞在一起，變成了一根韌性十足的長棍。

餃子單手拂開遮膝的布袍，腳底發力一躍而起，在空中穩穩接住藤鞭交織而成的長棍，借勢朝下橫掃而來，啪啪啪！亡者們呈扇形被掃倒一片。

倒地的亡者掙扎着，歪歪斜斜地站了起來，餃子不慌不忙緩步後退，手中的長棍卻如同急風暴雨一般刺出。棍雨準確地命中衝上前來的亡者四肢關節，再次倒下的亡者再想站起來可就沒那麼容易了。

餃子明白此時不可戀戰，他將手中的長棍舞起密不透風的棍花，氣勢洶洶地向前直衝。熙攘的亡者軍團之中如同闖入了一輛高速行駛的大甲殼蟲，一路擋道的亡者們都被高高地撞飛。

南登・威爾榭立刻觀察到了這不尋常的一幕，他用憤怒而疑惑的眼神看着由遠及近不斷被撞飛的亡者，顯然，餃子的目標就是自己！

當南登・威爾榭的注意力被餃子這邊的大動作吸引的時候，他的身後突然閃過一絲不易察覺的寒意，如同一根鋒利冰冷的針尖悄悄地刺向自己，身經百戰的南登・威爾榭本能地朝身後揮出巨拳。

他的拳勁剛猛凌厲，站得稍近一些的亡者直接被拳風掀翻在地。拳風擊中了遠處一個暗紅色的殘影，然而南登・威爾榭定睛一看，那不過是個斗篷，後面的人已經早就不見了。

就在他回頭的瞬間，他感到頭頂傳來颼颼的風聲，餃子從成羣的亡者之中衝了出來，舞動着如同游龍一般的長棍，高高躍起。

南登・威爾榭不敢怠慢，立刻握緊拳頭，蓄勢待發。

可突然南登・威爾榭雙腳一麻。原來，不知道甚麼時候，他左右腿的小腿上竟然分別插上了一柄有着金獅標誌的匕首。

這正是混入了亡者軍團之中的帝奇跟餃子配合展開的奇襲！

帝奇剛剛從南登・威爾榭身後擲出一柄匕首作為試探，誰知道竟然被他發覺了，只好扔出斗篷吸引他的注意力，自己移形換位到另一邊展開攻擊。雖然已經死去的南登・威爾榭並沒有因為帝奇的攻擊造成任何痛感，但這兩刀卻切斷了原本自下而上的力量迴圈，直接導致他揮出的巨拳力量少了一大半。

南登・威爾榭的巨拳與餃子用盡全力的一棍碰撞在一起，轟的一聲悶響之下，南登・威爾榭被那從上而下的力量擊沉，身體一半陷入了地面，一時之間竟然動彈不得了。

而帝奇不知甚麼時候已經在他周身纏滿了蛛絲，兩人的這次配合堪稱天衣無縫。

南登・威爾榭鐵青着臉，難以置信地審視眼前這兩個看似還只是預備生的怪物大師……在他沉睡的兩百年裏，難道世道已經發生了翻天巨變嗎？

心酸的父女之戰

戰場的另一邊，布布路選擇了和餃子、帝奇截然相反的方向，他的目標正是整個事件的罪魁禍首——黃泉。

布布路揮舞着金盾棺材，將擋道的亡者一個個打飛。

四不像開心地到處亂吐着火球，似乎一點也沒把這兒當戰場。

大家的奮力反抗讓原本已經喪失鬥志的奇拉翁再次振作了起來，他抬起頭來，看到身邊的狄安娜眼中也煥發出堅忍的光芒。他們表情凝重地注視着對方，仿佛無聲地承諾着——

威爾榭基地由我們來共同守護！

奇拉翁像是忘記了傷痛一般，腳下生風，和狄安娜一起在亡靈軍團中穿梭而過。兩人像雙胞胎般默契地在布布路的左右同時開弓，為布布路開出一條通路。在他們的幫助下，布布路很快便離黃泉只有數步了。

「小小棋子膽敢反抗！」狄安娜和奇拉翁顯然激怒了黃泉。他冷冷一笑，揚手對趴在他身邊的牛形怪物說道：「索納比·威爾榭，替我掃除障礙吧，包括你最親愛的女兒——」

「哞——」索納比院長發出一聲令人汗毛倒豎的嘶鳴，邁着沉重的鐵蹄，從遠處暴怒地衝向狄安娜和奇拉翁。

那些擋在他們之間的亡者和那些還在逃竄的嘉賓、記者被憤怒甩動的牛頭高高挑起，如同一條條離水的魚兒，驚慌失措地在半空中晃動着四肢，害怕地哇哇大叫。

「庫嚕嚕，氣旋！」在狄安娜的命令下，庫嚕嚕抖動身軀，顫動的背毛間流動起一絲絲細小的氣流，匯集成一道道小旋風，朝着無辜的人羣飛馳而去。

原本驚恐下墜的人們感到地面升起一陣溫暖強烈的旋風，下墜的速度一下子減緩許多，雖然最終落地的姿勢有些狼狽，但都毫髮無損。

與此同時，索納比院長披着重鎧的身體近在咫尺了。

奇拉翁想也沒想，本能地擋到了狄安娜前面。但狄安娜下一秒卻把他推開了，她堅定地看着奇拉翁，凜然不懼地說：「這次，讓我來！」

狄安娜絲毫也沒有遲疑，正面迎向化身為金牛座的索納比院長。

索納比院長口中呼呼地向外噴着白沫，發出暴怒的低吼，有力的巨蹄讓堅實的地面如地震般抖動。庫嚕嚕低下頭，毫不猶豫地衝過去。

電光石火之間，嘭的一聲巨響，庫嚕嚕和金牛座的兩對犄角再次撞到了一起，兩股強悍的氣流激烈地碰撞到了一起，狂飆的戰氣將周圍的空氣撕得粉碎，周圍的亡者應聲倒地，一時之間，沒人能靠近他們。

雙方勢均力敵。奇拉翁剛剛這麼想，情勢就瞬間改變了——跟狄安娜建立了完好心靈連接的庫嚕嚕感受到主人強烈的意志，在氣勢上更勝一籌。只見金牛座的後腿深深陷入了裂開的地面，但即使這樣，它那笨重的軀體依然在緩慢往後退……

不給對方喘息的機會，狄安娜又命令道：「庫嚕嚕！疾風利刃！」

庫嚕嚕猛地收回力氣，優雅地躍上半空，揚起前蹄在空中來回空踏，每踏一步，一道如同刀鋒般的疾風便呼嘯着疾馳射出。氣流的邊緣變得薄如葉片，數十道刀鋒一般的風刃精準地朝着金牛座橫掃過去。

索納比院長痛苦地晃動沉重巨大的身體，妄圖閃避撲面而來的風刃。

但那些風刃幻化出千萬條殘影，早已隱入金牛座身邊的氣流之中，任憑他如何閃避，都準確地刺入他身上重甲之間柔軟的連接處，數十枚風刃彈無虛發！

咔嚓，咔嚓……

金牛座的全身關節發出驚心的錯動聲，轟的一聲，龐大的鐵牛身軀有如失去鋼筋骨架的建築，頹然倒地。

索納比院長渾身顫抖，昂着腦袋，鼻孔發出粗重的呼吸聲，雙眼直勾勾地盯着狄安娜，沒有一絲親情，只有無盡的怒火……

任憑狄安娜平時是如何堅強與高傲，看到死去的父親仍然備受折磨，她的淚水如決堤的洪水般滂沱而出。

狄安娜輕撫着倒在地上已經無法動彈的父親，口中一直低聲重複着：「對不起，爸爸……對不起，可我覺得你應該也是如此希望的……」

她身後的奇拉翁默默地吹響了銀笛，那笛聲悠揚淒婉，彷彿在為索納比院長送葬……

新世界冒險奇談

第十八站 STEP.18

終極對決

MONSTER MASTER 14

無法攻破的強敵！

看到這一幕，布布路心頭湧起一股滔天的怒意，他憤怒地朝黃泉大吼道：「你這個卑劣的混蛋！你的行為連報復都談不上！只是偏執、無意義地把人命玩弄於股掌之上的發泄而已啊！」

砰！布布路腳下一蹬，地面被深深地踏出一個腳印，布布路如炮彈般朝黃泉飛去。

黃泉瞇起那隻血紅的眼睛，輕蔑地看着布布路兇猛的突擊，當布布路的拳頭和他的鼻尖近在咫尺時，黃泉的腰向一邊折去，輕飄飄地避開了布布路的全力一擊。

布布路急忙穩住身形，身體在空中旋轉了四十五度，毫無懼意地再次迎上去揮拳出腳，對黃泉展開了密集的攻勢——

左拳，閃躲，右拳，閃躲，閃躲。

左腿，直拳，金盾棺材防守，退後，退後，退後，貓腰，上勾拳。

左側進攻，移動，右側防守，移動，背後攻擊……

短短幾十秒內，布布路和黃泉對戰了不下百招，體力急劇流失，就在布布路換氣的瞬間，黃泉反擊了！

「嗷——」布布路的腹部承受着足以令五臟六腑移位的拳擊，他疼得全身細胞都在悲鳴，整個人如蝦子般蜷縮起來。

「布布路，你還差得遠呢！」黃泉冷颼颼的嘲笑聲近在耳畔，布布路咬緊牙關，旋腕抓向黃泉的肩膀，用盡全力地往下一扯。

預想中黃泉肩膀脫臼的聲音並沒有傳來，布布路手心一空，就見黃泉的身影一虛，幻化成一團人形的黑霧。緊接着，一道陰風卷過，那團黑霧煙消雲散，消失在他眼前。

天哪，這個黃泉不是真的！布布路的腦中嗡嗡嗡作響，大吃一驚：黃泉果然是不容小覷的對象，自己到底要怎麼做才能打贏他？

「布魯，布魯布魯！」一道紫色的雷光迅疾劈向布布路的身後，四不像瞪着銅鈴大的眼睛看着布布路的身後，它的眼中清楚地映出黃泉似鬼魅般的身影。

「四不像，你的後面——」布布路的目光也緊緊地盯着四不像的背後，那裏另一個黃泉邪笑着出現了。

不止如此，伴隨着漫溢整個廣場的強大殺氣，三個、四個、五個……更多個黃泉驀然出現！偌大的廣場上，不知不覺中浮現出成百上千的黃泉，他們獰笑着，在空氣中若隱若現，發出此起彼伏的陰森笑聲，似乎是在嘲笑眾人的不自量力。

同仇敵愾

廣場上黑壓壓的一片，無數黃泉飄來盪去，大伙兒的身體好像灌了鉛似的，越來越難以行動。

「布魯，布魯布魯！」四不像跳到布布路腦袋上，不服氣地拍了拍肚皮，高昂起腦袋，向陰暗鬼祟的天空噴射出一道紫色雷光。

在雷光的映襯之下，就見巨大的般若鬼王在基地上空翻湧，它猙獰的夜叉面具俯視着中央廣場，遮天蔽日的巨大身體正源源不絕地垂下一團團濃重的黑霧。那些黑霧在空氣中扭曲着，最終變成一個個幾乎能以假亂真的黃泉。

原來這些「黃泉」都是般若鬼王製造出來的影子分身！面對黃泉強大可怕的怪物，所有來賓的內心充滿了不安，他們清楚地意識到，自己的生命正岌岌可危，而能否逃過這一劫，全要仰仗身邊的這些怪物大師預備生了。

「不要怕！大家一起上！」布布路將棺材橫置胸前，充當盾牌，朝着眼前的數個黃泉一路衝撞過去。他的速度極快，猶如一道旋風颳過，所到之處，黃泉的影子分身一個個地被金盾棺材撞得四分五裂……

「就算數量繁多，但他們都不是真的黃泉，只是一戳就破的虛影。」精英隊的三人和擒住南登・威爾榭的餃子、帝奇也帶領着威爾榭基地的預備生們紛紛投入戰局。

然而這邊的黃泉剛剛飄散，那邊就立刻會生出一個新的黃泉……

「要找出他的真身才是！」帝奇若有所思地看向餃子，他心裏很明白，這樣繼續下去，大家的體力很快會消耗殆盡。

「你的意思是……？」餃子摸着自己的額頭，下定決心般說道，「我來試試看！」

說着，餃子閉上了眼睛，他拉下一半面具，注意力前所未有地高度集中，額頭上的第三隻眼突突跳動着。

「巴巴里，獅王咆哮彈！」帝奇和巴巴里金獅在餃子身邊守護着，將餃子周圍那些搗亂的黃泉分身一個個用聲波震碎。

周圍的打鬥聲漸漸消散，餃子遮罩掉了第三隻眼以外的所有感官，那張開的天目族最後之眼，讓他感到目力所及的距離不斷擴大，所見的物體皆是本質——

構成人體的骨骼、組成建築物的磚石、植物又長又細的根系，乃至空氣中躍動的每一個分子……統統在天眼之下無所遁形。

可黃泉呢？他的真身到底在哪裏？

巨大的信息量讓餃子的腦中像有個鑽頭在攪動，痛得厲害。可他不想放棄、不能放棄，因為他很清楚自己所承擔的那部分任務的重要性。

彷佛感覺到餃子的痛苦，藤條妖妖頭頂的花苞盛開，散發出提神的清香，幫助餃子緩解頭疼。

終於，餃子長噓一口氣，激動地指向半空：「我找到了，黃泉就躲在般若鬼王的面具下！」

原來狡猾的黃泉竟是將般若鬼王當作一件巨大的外衣，巧妙地隱藏其中。

「哈哈哈，不錯不錯，看來你們這些臭小鬼有所長進啊！」

被揭穿的黃泉猖狂大笑，而廣場上的諸多影子分身正紛紛散去，「不過作為我最欣賞的人——布布路，你應該還要給我帶來點別的驚喜才對嘛！」

不可思議的雷光拳

烏雲沉沉的天空中黑霧翻湧，般若鬼王巨大的身體包裹着黃泉緩緩從天而降。

那彷佛要吞噬一切的黑暗壓得人喘不過氣來，在黃泉猩紅的瞳孔的注視下，人們不由得瑟瑟發抖，彷佛置身於一個醒不過來的噩夢一般。

「黃泉，我會打敗你的！」

布布路發出一聲驚天動地的大喊，眾人像是一下子從噩夢中驚醒了過來，瞠目結舌地看着人羣中那個背着棺材的奇怪少年，他的頭頂上站在一個難看的雜毛怪物。那怪物明明沒有頂天立地的龐大身軀，卻散發着普天之下唯我獨尊的囂張氣息。

難道這對來自摩爾本十字基地的預備生和怪物還隱藏着甚麼厲害的招數嗎？

基地的全體預備生眼中閃出灼灼的希望之光。

只見四不像仰面朝天，喉嚨深處咕嚕咕嚕地擠出聲響，肚子上青色的十字疤痕鼓脹起來，渾身的鐵鏽色雜毛根根豎立，終於，它張大了嘴巴——

轟隆隆！

伴隨着震耳欲聾的炸雷聲，一道紫色的雷光勢如破竹地直衝雲霄，在天際裂開。下一秒，又勢如破竹地從天而降，不偏不倚劈落在布布路身上！

眾人目瞪口呆，剛剛期待的心情化為烏有，全都轉成默哀。

太糟糕了，這個摩爾本十字基地的預備生居然是被他自己的怪物給弄死的啊！

連黃泉也被這樣的「烏龍事件」給震懾住了，他錯愕地感歎道：「哇，不愧是布諾的兒子，這麼與眾不同的招數！本大爺開眼界了！」

「布魯，布魯布魯！」面對眾人不理解的目光，四不像孤傲地一甩頭，一副「你們這羣愚民」的架勢。

作為與布布路朝夕相處的同伴，餃子三人的表情卻截然不同，他們屏息期待着，這絕對不是單純地犯傻，因為……

那蘊含致命殺傷力的雷光球並未在布布路身上炸裂開來，而是像電流般在布布路身體上瘋狂遊走着，透過皮膚可見電流刺激着布布路渾身上下的每一塊肌肉和每一根神經。

啪啪啪，吱吱吱，嗞嗞嗞……

劈啪劈啪，噗吱噗吱……

在一陣古怪的聲響中，布布路的肌肉迅速鼓脹起來，身形也隨之擴張了一倍。

所有人都傻眼了，廣場上鴉雀無聲。

「在下不是在做夢吧？」阿不思回過神來後，難以置信地咕噥着。

「布布路……」十三姬頓了片刻，才語帶欣喜地說，「好帥哦！」

「不會吧？他要幹甚麼啊？」朔月頭疼地揉着太陽穴，覺得自己對布布路的行為果然無法理解。

「接招吧，黃泉！」布布路聲如洪鐘，雙眼瞪得雪亮，後腳用力一蹬，飛到了空中。

緊接着，四不像氣勢洶洶地張開大嘴，無數雷電呈放射狀噴湧而出，在布布路身後形成巨大的推動力。

飛沙走石，電光閃爍中，布布路繃直身體，握拳的雙手伸直，整個人就如同射出炮膛的人形炮彈，朝着黃泉飛去。

布布路的拳頭夾雜着一道道雷光直刺黃泉，猶如一張巨型雷光網將黃泉四周籠罩起來，但黃泉卻毫無懼意，反而露出了愉悅之色。他瞇了瞇血紅色的眼睛，彷彿看穿了那些雷光的軌跡。他不急不慢地身形一晃，朝後急退。

突然，黃泉的喉嚨發出一聲意外的悶哼，整個人頓在了原地……

布布路也吃了一驚，他沒料想到黃泉居然不躲不閃，是因為有贏他的自信嗎？

可惡！布布路咬着牙，用盡全力衝向黃泉。四不像加布布路的雙重紫色雷光延展出了超乎想像的攻擊強度和距離。

砰！

黃泉的胸口出現了兩個深深的拳印，哧哧冒着紫色的電光，整個身體沿着一道拋物線向後飛去。

「噢噢噢！這小子太厲害了！」廣場上爆發出一陣驚喜交加的歡呼聲。

「我打到了！」布布路也露出不可思議的表情，剛剛那巨大的衝擊力告訴他，那兩拳結結實實地擊中了黃泉。

「我看，這傢伙一定是平時被四不像的雷劈多了，體內產生了某種和雷電共處的能力！」餃子摸着下巴，故作深沉地猜測道。

面對得意揚揚地甩着耳朵的四不像，帝奇和餃子默默地、不算全心全意地扯了個「你的確很了不起」的笑容。

請問 D 級狀態下的四不像的攻擊指數是多少？

A.62　　B.70

C.78　　D.86

答案在本頁底部，答對得 5 分，你答對了嗎？

■即時話題■

朔月：人家說有錢就是任性，我現在覺得有主角光環就是任性才對！瞧瞧你們的那隻醜八怪怪物，已經得意得沒譜了！

四不像：布魯，布魯布魯！

餃子：我勸你還是別說它了，要不然……後果自負啊！

朔月：它還想對我做甚麼？哼，我才不怕呢……大不了就是再被雷劈一次！

四不像：布魯布魯布魯布魯……呸呸呸！（狂吐口水）

布布路（同步翻譯）：愚蠢的人類，讓你小看我……呸呸呸！

朔月：哇呀呀……好噁心啊！

餃子：唉，我早勸你別說它了，要知道這可是連十影王之一阿爾伯特也不能倖免於難的終極招數！

完成這個測試後，你可以鑒定自己與四位主角的默契程度。

測試答案就在第十四部的 215 頁，不要錯過哦！

MONSTER MASTER +LOVE & DREAMS+

這是成為怪物大師的必經之路!!!

尊敬的讀者：現在你跟隨布布路一起踏上了成為怪物大師的道路！向所有的困難發起挑戰吧！

邪惡暗影中的迷失者

MONSTER MASTER 14

新世界冒險奇談

第十九站 STEP.19

封印之夢

MONSTER MASTER 14

目食惡果

布布路一口氣將全身的雷光能量都釋放殆盡，黃泉倒地不起，纏繞在他身上的般若鬼王也潰不成形。

眾人歡呼雀躍，但布布路的表情卻突然凝固住了，直直地盯着倒地的黃泉。

只見般若鬼王身上那些被雷電擊穿的窟窿開始冒出一絲絲的黑霧，這一絲絲的黑霧相互交錯，就好像有人拿着無形的針引着黑霧，將般若鬼王重新修補完善。

看到這詭異的一幕，原本情緒亢奮的觀眾們不由得倒抽一口冷氣：難道承受了布布路如此厲害的攻擊之後，黃泉還能自我恢復嗎？

反觀布布路，他的身形萎縮到原來的大小，渾身的肌肉和神經因為之前過強的刺激而出現了痙攣，他已經沒辦法再使出同樣的招數了！

狹長的谷口上空烏雲翻湧，威爾榭基地裏瀰漫着緊張的氣氛，不管是用力維繫着水牆保護賓客們的賽琳娜，跟亡者軍團戰鬥的精英隊和餃子、帝奇，還是從小在基地長大的狄安娜和奇拉翁，這一刻都不由自主地屏住了呼吸。

黃泉的瞳仁裏散發出血色的死亡之光，般若鬼王正在自動癒合……

「完蛋了，沒有人能阻止這個可怕的食尾蛇組織的天王了嗎？」人羣再度尖叫起來。

「不，黃泉氣數已盡！你們看……」朔月抬手一指。就見黃泉痛苦地扭動起來，他捂住自己的骷髏單眼，大片大片的黑霧從黃泉的軀體上剝落，在空氣中被撕扯得粉碎。

而其他復活的亡者也幾乎在同一時間伏倒在地上，身體劇烈地抽搐，猙獰的臉上充滿驚愕和痛苦。

「這是怎麼回事兒啊？」眾人驚魂未定地相互看着。

「黃泉難道是遭到了黑暗煉金術的反噬……」阿不思高深莫測地推測道，「煉金術講究此消彼長，彼生此亡，即使是已經死去的黃泉，也逃不過這樣的規律……」

「原來如此！難怪他剛剛突然就動不了，我真是太幸運了！」布布路恍然大悟道。

只是雖然黃泉被打倒了，整個威爾榭基地卻充滿了哀號聲，亡者軍團在地上匍匐着，翻滾着……讓人猶如置身人間煉獄。

狄安娜揪心地看着痛苦掙扎的祖先們，難過得渾身顫抖。

奇拉翁蔚藍的眼睛中盡是自責和內疚，他想了想，終於，再次拿出了別在腰間的梅菲斯特。跟之前不同，梅菲斯特的身軀變成原來的兩倍大，周身迸發出璀璨奪目的光華。

在一片驚歎聲中，奇拉翁緩緩閉上眼睛，演奏出震懾靈魂的鎮魂樂章——

寧靜而悠揚的笛聲瞬間響徹山谷，溫暖的音符猶如敲打在每一個人的皮膚上，又順着皮膚滲透到骨肉和血液中，在人的體內靜靜遊走，撫平戰鬥造成的創傷。

沐浴在笛聲中，傷痕纍纍的人們忘卻了疼痛，而亡者軍團也從躁動中蟄伏，安靜地沉睡過去。

就連黃泉的身體也不再抽搐，無力地癱軟在地。

筋疲力盡的賽琳娜終於收起了神聖障壁，賓客和預備生們也紛紛用眼神分享劫後餘生的喜悅。

過去的殘影

烏雲散去，久違的陽光重新灑滿山谷。

一切似乎在笛音中完美落幕，然而，就在這時，中央廣場上的所有人，連黃泉在內都同時出現了奇怪的症狀——每個人都閉上了眼睛，沉沉睡去，大家的臉上時而喜悅，時而哀傷，時而憤怒……緊閉的眼簾下，眼珠似乎在不停轉動……

大家都做着同樣的一個夢，一個離奇而跌宕的夢境：

時光回到百年前，執行任務歸來後黃泉一病不起，經過檢查，醫生確診他不幸感染了Y病毒，被安排住進了隔離病房。

Y病毒是一種十分罕見的致命流感病毒，病毒的侵入沒有任何規律可循，在發病初期，患者會表現得像一般的感冒病症一樣，高燒、乏力、噁心……到了後期，病毒會全面入侵內臟器官，持續的高燒會讓病人意識昏迷，內臟衰竭，最終導致病人死亡。

幾百年來，藍星醫學界始終沒能攻克Y病毒，因為其具有高傳染性，所以一直是令人談虎色變的可怕絕症。

得知黃泉染上了這種可怕的絕症，科里森十分悲痛且自責，因為那本來是他該去完成的任務，原本該感染上病毒的也是他，黃泉卻成了他的替死鬼……科里森請求醫生不要將真相告知黃泉，他不希望黃泉感到絕望，他決定一定要找到讓黃泉活下去的方法。

因此當黃泉在「隔離室」裏備感孤獨的時候，科里森也將自己關進了基地的實驗室，他日夜不休地調製藥劑，希望能攻克Y病毒。

學園祭的前夜，科里森避開守衛，偷偷潛入黃泉的宿舍，拿着自己調製的藥劑給黃泉喝。當時他心情十分忐忑，因為他也不知道這瓶藥能不能起效，之所以這麼急迫，是因為根據醫生的診斷，黃泉很可能熬不過今晚，這已經是最後的機會了！

可惜，命運的天秤沒有倒向黃泉和科里森這一邊，那瓶藥沒能抑制住病毒。當晚，黃泉的內臟嚴重衰竭，在難以承受的劇烈痛楚中撒手人寰……

重見天日的夢境

黃泉離世後，為隔離病毒被單獨葬在懸崖峭壁上，科里森親自立了墓碑。

此後，科里森終日沉浸在悲傷和自責中。

他總是內疚地想，如果當時黃泉不代替自己去執行那次任務，就不會被Y病毒感染了；而在黃泉被隔離後，自己更整天都在研究那瓶毫無用處的藥水，忽略了陪伴他，最終讓好友在孤獨和絕望中死去。

每當想到這些，科里森的心就像被一萬根鋼針刺過，難受得無法呼吸。

無邊無際的痛苦泥沼中，唯一的救命稻草，正是他從祖先南登·威爾榭的墳墓中偷來的《墮天錄》。雖然深知復活亡者的黑暗煉金術是絕對的禁忌，並且有着難以預想的反噬力量，但黃泉的死抹去了科里森心中的信條……

要死去的原本就是自己，所以，如果能讓摯友活過來，還有甚麼不能失去呢？

幾年後，科里森終於解讀出復活之術。在死一般的寂靜中，科里森爬下刀鋒般的懸崖，在好友的墓碑前開啟了黑暗煉金術，看着新鮮的血肉在老友的骸骨上滋長，科里森渾黃的眼中滾出兩行熱淚……

模糊的淚光中，科里森彷彿看到幾年前他們剛入學那天的畫面，黃泉意氣風發地向自己走來，他的臉上寫滿朝氣，眼中充滿夢想。科里森還清楚地記得，黃泉跟自己說的第一句話是：「你好，科里森。我是一個注定要成為名垂千古的怪物大師的人！」

只是，這次無法再見面了，科里森的視線漸漸模糊，他的皮膚變得溝壑叢生……

摯友啊，你一定會完成自己的夢想，不，是我們共同的夢想……來不及對他説了，真遺憾啊……科里森感到一股強大的倦意襲來，渾身脱力地跌倒在地，再也沒有爬起來。

悠揚的樂聲漸漸遠去，梅菲斯特變回正常的大小，落入奇拉翁手中。所有人也同時睜開了眼睛，從夢中醒了過來。

奇拉翁臉色蒼白地向眾人解釋道：「剛剛梅菲斯特奏響的不是鎮魂曲，而是洗魂曲。如果說鎮魂曲可以安定人心，並將人催眠，那麼洗魂曲就可以獲取人內心深處藏匿的夢境！這一曲就是科里森封存在梅菲斯特中的！我和梅菲斯特之間存在着心靈感應，因此通過它我接收到了科里森的夢境，再透過洗魂曲分享給大家！」

奇拉翁眼中含淚、面帶微笑地對狄安娜說：「梅菲斯特還告訴我，兩百年前，南登・威爾榭是靠着自身的威信和凝聚力，團結起關內的民眾，擊退敵人的。黃泉所說的『不死軍團』完全是食尾蛇組織對威爾榭的污蔑，狄安娜，你的祖先是堂堂正正的英雄！」

「嗯……」狄安娜眼泛淚光，卻難掩驚喜地點點頭。

從夢中醒來的人們，終於得知百年前的真相，廣場上的氣氛一片肅穆，所有人心中都湧動着悲壯又感傷的情緒。

「原來，科里森是抱着這樣的心意決然赴死的。」賽琳娜心中五味雜陳，「可惜，黃泉全然不知，反而將仇恨之火燒向整個威爾榭家族，最終也將自己送入萬劫不復的深淵！」

「所以說，不幸的人總是在創造比自己更不幸的人啊……」餃子感歎道。

「真可悲。」帝奇惜字如金地總結道。

「黃泉，你聽到了吧？南登・威爾榭是正義的大英雄，科里森院長也從來沒有要毒害你！」布布路義正詞嚴地對黃泉喊話，「威爾榭基地從來沒有虧欠過你，你不要再陷在仇恨的泥沼中，讓誤會越來越深了！」

得知真相的黃泉目光渙散地躺在地上，血色的瞳仁裏沒有一絲光彩。

過去的回憶一幕幕從他腦海中閃過，百年時光似乎轉瞬即逝……

科里森啊，你真的那麼恨我嗎？你總是擅自決定一切，擅自讓我誤會，擅自讓我復活，擅自讓我活在憎恨之中，你自己呢？卻安然地躺進墳墓裏，享受後代子孫的崇拜和仰慕……

但是，如果我能更加信任你，我的朋友，這一百年我大概會過得更幸福吧……

新世界冒險奇談

第二十站 STEP.20

夢想，起航

MONSTER MASTER 14

難以癒合的傷口

「已經不能回頭了。」黃泉突然笑了起來。

「我不是英雄，是踏着黑暗和鮮血從地獄歸來的亡者，我所承受的一切痛苦、羞辱、折磨，豈是一句『誤會』就能撫平的……」他的語氣中似乎帶着一絲哀傷，但轉瞬又瘋狂且自負地說道，「來吧，繼續戰鬥！身為食尾蛇的四天王之一，本大爺可沒那麼容易被擊垮！」

說着，黃泉血紅色的瞳仁裏再次散發出深重的殺氣，般若鬼王奮力地控制着殘破不堪的軀體，一團團濃黑的霧氣在黃泉身上游走。

阿不思輕歎道：「嗚呼哉，一念愚即般若絕，一念智即般若生……」

布布路他們神情複雜地望着被執念控制的黃泉，現在的他已經完全失去了戰鬥力。也許，早在知道科里森夢境中的真相時，他心中固若金湯的信條就開始動搖了。黃泉此時的掙扎和宣戰，與其說是執念和不甘，倒不如說是想藉着布布路他們的手來終結自己悲劇的生命……

面對黃泉，眾人皆是深惡痛絕，可誰都看得出來他在求死，那模樣又顯得十分可悲。一時間，大家都只是握緊拳頭，卻沒有人真的動手。

「哼，既然你們不動手，就讓我用最後的力量來摧毀你們吧！」黃泉用最後的力氣猛地站起來，踉蹌地撲向布布路他們。

面對黃泉的最後一擊，布布路的眼中流露出無限的憐憫，他一動不動地站在原地，準備用胸膛接下黃泉那無力而徒勞的攻擊。

這絕不是藐視，而是因為布布路深深地明白：面對命運的突變，不管是黃泉還是其他人，即使拼命掙扎，竭盡所能，也只會有無法抗爭的無力感。

布布路無法為黃泉做任何事，他只能用這種方式來為他默哀。

「布魯！」四不像坐在布布路腦袋上，居高臨下地俯視着黃泉，舉手投足儼然是布布路翻版，當然，在它眼中，布布路才是翻版。

「哇！」黃泉歇斯底里地嘶吼着，用盡最後的力量衝向布布路。

嘩啦啦，嘩啦啦……

就在黃泉蒼白的拳頭即將擊中布布路的一刻，地面消失不見的黃泉水再度湧了出來。翻湧的水流聲中，一隻巨大的鳥爪驀地從熒藍色的水中伸出，一股強大的氣流自那隻手中釋放而出。

「呃！」黃泉身形一歪，被氣流卷起，牽引着拖向黃泉水，那隻大爪將滿臉驚愕的黃泉吸了過去。

布布路他們上前想要看看怎麼回事，可還沒邁開步子，一股無形的力量就一下子將他們往高空推去。

「哇啊啊！救命啊！」

「天哪，這是怎麼一回事啊？我恐高啊！讓我下去！」

懸在高空中的威爾榭基地的預備生們再次亂成一團，一個一個驚慌失措地哇哇大叫不停。

等懸浮在半空中的人們紛紛落下，那隻巨型鳥爪也不見了蹤影，黃泉水急速消退，一切彷彿從未發生。

布布路目不轉睛地看着剛剛鳥爪出現的地方，上面飄過一片淡藍色的羽毛。

他伸出手來，手指剛剛碰到那片羽毛，羽毛瞬間就化成一抹藍色的火焰，消失得無影無蹤。

「我的天……這是重力漂移！是克勞德……」賽琳娜看着布布路凝重的表情，並沒有將下半句話說出來。

顯然，除了布布路，在迷霧島跟複製了克勞德・布諾・里維奇能力的機械怪戰鬥過的賽琳娜三人以及精英隊，這一瞬間都明白了，剛剛那巨爪擒走黃泉的一幕應該是布布路爸爸的怪物風隱的能力——重力漂移！

爸爸又一次和自己擦身而過了嗎？為甚麼他不見我呢？

布布路目光沉沉地盯着空蕩蕩的地面。

夢想剛剛開始

黃泉消失後，基地中的黑色彌砂花隨之枯萎，亡靈軍團紛紛沉入地底，不再動彈。

索納比院長異變的恐怖身軀也神奇地復原，數秒鐘後，他

變回一具沒有靈魂的屍骸，雖然身體枯槁，但面容上卻殘留着一抹寧靜和祥和。

「爸爸！」狄安娜奔到索納比院長的屍體邊，眼中流下兩行清淚，臉上卻寫滿欣慰，因為爸爸終於得到了解脫。

基地的預備生們情緒激動，他們相互問候、相互擁抱，一再地為了剛剛那場精彩的戰役而高聲歡呼，並將來自摩爾本的布布路他們團團圍住，高高地拋向空中，用語言和行動來表達真摯的感激。

「一切都結束了嗎？」奇拉翁感慨萬分，「我們真的粉碎食尾蛇的陰謀了嗎？」

「是的，都結束了，」狄安娜拍拍他的肩膀，微笑着說，「但是我們的夢想才剛剛開始起航！奇拉翁，從今以後，我們一同面對風雨和挑戰吧，一定要把威爾榭基地建設成藍星第一怪物大師培訓機構。」

奇拉翁用力點頭，兩人的手緊緊地握在一起。

「哼！」一高一矮的帝奇和朔月難得並肩站在一起，默契地一起朝天翻了個大白眼，想超過摩爾本十字基地，門兒都沒有！

咔嚓咔嚓……數道白光快速閃過，八卦記者團難得摒棄八卦之心，用照片記錄下了這一幕幕溫暖感人的場景。

經歷了這場艱難的戰鬥之後，基地裏一片狼藉，書本、衣物、被褥、食材……大部分東西都在黃泉水的肆虐中毀於一旦。

布布路他們顧不得休息，迅速配合狄安娜和奇拉翁開展善後工作，有條不紊地清理着殘破不堪的基地，希望能盡量多搶救回一些生活物資。

精英隊三人也在第一時間將威爾榭基地發生的一切通報給怪物大師管理協會，隨後，他們也立刻參與到基地的重建中。

夕陽西下，天色漸漸暗下來，就在布布路他們和幾百名預備生打算露天而宿、撐過這難熬的一夜的時候，山谷方向突然傳來熙熙攘攘的叫喊聲。

順着山谷口，竟然擁進許多百姓，原來在得知基地裏發生了災禍後，居住在山谷裏的居民自發地集合起來，及時送來了生活物資，大大小小的民用小推車上，堆滿了應急的食品和乾淨的衣物。

「之前一片莫名的黑霧封堵了關口，我們不知道發生了甚麼，路一通就馬上趕來了。在戰爭年代，南登・威爾榭率領勇士庇護着這座山谷，現在，只要威爾榭基地需要，我們關內的百姓一定竭盡全力幫忙！」

聽着百姓們熱情的話語，布布路他們的心再一次充滿溫暖和感動。

遲來的學園祭，珍貴的友情

在關內百姓的人力和物力支援下，威爾榭基地的修復工作進展得十分順利。

三天后，一年一度的學園祭再度拉開序幕，基地裏張燈結綵，熱鬧非凡，穿着整齊制服的預備生自豪地引領着賓客們進入整修一新的會場。

這幾天裏，琉方大陸各大報紙的頭版頭條盡是誇讚威爾榭基地的新聞——

「勇敢無畏，威爾榭家族繼承人是年輕一代的佼佼者！」

「食尾蛇四天王之一的黃泉陰謀破裂，敗走威爾榭基地！」

「怪物大師預備生，他們是琉方大陸的未來！」……

經此宣傳，又有不少貴賓從藍星各地趕來，其中最重量級的嘉賓就是怪物大師管理協會的會長——獅子曜！

在狄安娜和幾百名預備生的忐忑注目中，獅子曜信步走上高台，不怒自威地朗聲道：「威爾榭基地的學員們，很抱歉，因為公務纏身，我沒能在接到消息後第一時間趕來，不過……」

說着，他看了看在一旁正襟危立站成一排的布布路和精英隊一行七人，「相信這七名來自摩爾本十字基地的出色預備生，已經替我執行了怪物大師管理協會的職責。」

聽到獅子曜會長肯定的話語，布布路他們露出了驕傲的微笑。

獅子曜理了理濃密的鬍鬚，慢條斯理地說：「另外，我今天只是以觀眾的身份來出席學園祭，就不再多說甚麼了。接下來，一切都交給你們這些年輕人自己安排吧！」說完，就氣宇軒昂地退下台，坐進了觀眾席。

狄安娜臉上帶着堅定自信的笑容，一步步走上高台，宣佈學園祭重新開幕……

奇拉翁的目光緊緊追隨着狄安娜，經歷過這一次的磨礪，她已經成了威爾榭基地真正的領導者，索納比院長可以安息了。

之後，預備生們紛紛登台，進行精彩絕倫的彙報演出。

觀眾席中掌聲雷動，布布路看得目不轉睛，歡呼得嗓子都啞了。

「布魯布魯！」四不像在一旁猛嚼零食，它才懶得理會那些預備生在演甚麼呢，那對於它來說都是雕蟲小技，不過這地方的特產小吃真是美味無比。

當天晚上，獅子曜正式召見了狄安娜和奇拉翁。

面對渾身緊繃的兩人，獅子曜哈哈大笑道：「我這個會長可不是吃人的老虎，別太緊張了！我要告訴你們的是，怪物大師管理協會完全尊重威爾榭基地的傳統，不會對基地內的事務多加過問和干涉！不過在狄安娜你年滿十八歲、正式繼任院長職位之前，請你繼續以預備生委員會主席的身份管理基地，而奇拉翁就用心輔佐她吧！若是你們遇到甚麼難以解決的問題，都可以向我們管理協會申請幫助。」

狄安娜和奇拉翁互看一眼，沒想到會長大人是那麼不守陳規的人，居然完全支援威爾榭基地的獨立運營。

兩人安心的神情自然沒有逃過獅子曜的法眼，他打趣道：「本來我對狄安娜你的能力還頗為擔心，但在今天的學園祭上，看到基地裏的預備生們對你的信賴和擁護，我也就放心了，更何況，你還有像奇拉翁這樣出色的伙伴！還有誰能比你更適合領導威爾榭基地呢？」

「是，獅子曜會長，我們一定不辜負您和管理協會的期望，更不會辱沒祖輩的榮耀！」狄安娜和奇拉翁鄭重地立下誓言。

學園祭結束後，布布路他們終於要結束這次難忘的威爾榭基地之旅，重返北之黎了。

臨別之前，狄安娜向布布路四人發出真誠的邀請，希望他們明年能和精英隊的四人一起，以「榮譽貴賓」的身份出席學園祭。

「走那個紅地毯的感覺確實不錯，但一次就夠了，我才不想再當甚麼榮譽貴賓呢！」沒想到，布布路竟然一口回絕了狄安娜，隨後，在奇拉翁和精英隊三人目瞪口呆的表情中，他咧開嘴，傻笑道，「如果要來的話，我還是比較想以狄安娜『重要朋友』的身份來參加明年的學園祭！」

狄安娜笑眯眯地看着大家，朗聲道：「沒問題！你們已經是我最重要的朋友了！」

尾聲

黃泉終於蘇醒過來，當他睜開那隻紅色瞳仁的眼睛時，時間已經悄然過去了大半個月。

陰暗的房間裏，一個高大的身影背對着黃泉。

「哼，是你！」黃泉的鼻孔中發出不屑的哼聲，「之前在威爾榭基地的時候，是你把我拖進了黃泉水，對吧？」

對方不置可否地聳聳肩膀。

「你這傢伙，總是喜歡多管閒事。」黃泉絮絮叨叨地抱怨道，「那些被我放棄的夢想啊，友情啊，讓我覺得很麻煩。我懶得去思考過去，也不想再延續這條半死不活的命，我本來是想在那座基地裏終結一切，徹底擺脫這些煩惱的……」

「過去的一切，不是早就已經結束了嗎？」對方終於開口回應道，「你不是說，食尾蛇是蠶食着昨日的自己，讓今日的自己重生的蛇嗎？」

「看來，你還真是躲在背地裏圍觀了很久啊！怎麼？很擔心你那個寶貝兒子嗎？」黃泉鬱悶地癟了癟嘴。

「他打到你了！」面對黃泉的挑釁，對方只是淡然地岔開了話題。

「那是因為我遭到了煉金術的反噬，一瞬間身體遲鈍了！」黃泉氣急敗壞地嚷嚷道。

「哦，真的是這樣嗎？」對方依舊維持着不鹹不淡的口氣。

黃泉語塞，許久，他哀歎一聲，悵然若失地說：「唉，不過你說得對，我早就捨棄了過去的一切，包括從前的名字，也許，這個世界上再也不會有人叫我那個名字了。」

那人的背影沉了沉，突然叫了一聲黃泉昔日的名字。

「謝謝！」黃泉的臉上浮現出一瞬間的感慨，但很快，就恢復了陰森森的樣子，不耐煩地擺擺手，說，「算了，過去的就讓它過去吧。你以後還是叫我『黃泉』好了，因此從此以後，我將完全以個人的意志留在烏洛波羅斯！」

【第十四部完】

這是成為怪物大師的必經之路!!!

LOVE&DREAMS MONSTER MASTER

尊敬的讀者：現在你跟隨布布路一起踏上了成為怪物大師的道路！向所有的困難發起挑戰吧！

同伴默契度測試

請問以下哪隻怪物是曾經給布布路送去摩爾本十字基地最高級別的入學申請書的信使？

A. 魔靈獸　　B. 焰尾貓

C. 帝王鴉　　D. 科森翼龍

答案在本頁底部，答對得5分，你答對了嗎？

■即時話題■

布布路：已經發展到第十四部了，我還是沒見到爸爸……嗚嗚嗚，我甚至都沒見過真正的他哪怕一眼。

賽琳娜：慢慢來吧，總有一天，你會見到爸爸的。

帝奇：現在不見也是好的，萬一他真是壞人，你又打不過他！

餃子：沒錯，在你成長到足以與你爸爸匹敵之前，我覺得作者是不會安排你們正式會面的，那可是整套「怪物大師」的重頭戲，要催淚，要精彩，要勁爆……連我這麼會編故事的人都覺得好難寫啊，作者一定還在各種糾結中！

布布路：可是讀者們反映我身上的主角光環已經越來越弱了……（委屈地對手指）

朔月：我剛剛就說有主角光環就是任性，你這種從來封面畫最大、每本都挑重頭戲、講正能量台詞的傢伙到底想怎麼樣？！是看不見我們這些配角的苦苦掙扎嗎？

布布路：那個……對不起，我錯了。

完成這個測試後，你可以鑒定自己與四位主角的默契程度。

測試答案就在第十四部的215頁，不要錯過哦！

#「寄宿魔力的奇跡之書」

這世上有一本書，沒有書名，沒有作者……
但是它卻是一本活着的書！

牠們的身體鼓脹了三到五倍，皮膚如粗麻布般緊皺在一起，身體上佈滿了黑色大肉瘤。

第十五部
《召喚奇跡的使命之書》

布布路他們意外進入離奇的書中世界並陷入一連串意外，聖殿中封印着魔王力量來源的魔盒被偷，恐怖的麻灰病即將爆發！

被鄙視無知、被誤解偷竊、被傳染怪病、被賦予使命……

一切剛剛開始！

心懷正義的少年們，哪怕血管中只剩最後一滴血，也要奮戰到底！

下部預告

四不像的後腦勺突然長出了一張詭異的臉，
在這張詭異臉孔的引導下，
布布路四人來到了摩爾本十字墓地廢棄的舊圖書館。
破舊的大門上，一個叫源君的留下了一句奇怪的留言：
「我再也回不去了！這個世界是無休止的輪迴，我無處可逃！」
更為奇怪的是，這句話絕不是新寫上去的，而是經歷了漫長時間的舊筆跡。
隱藏的閱讀室裏，老舊的桌上放着一本年代久遠的古書。
耀眼的白光中，天地巨變！
另外一個世界打開了大門，難以想像的新挑戰現在開始！
……

「怪物對戰牌」暗戰版使用說明書

Monster Warcraft

基本資訊：單冊附贈 8 張卡牌。為 1 — 12 部怪物對戰卡牌集的擴充包。
遊戲人數：2 人以上　　遊戲時間：5 — 20 分鐘

——「怪物對戰牌」暗戰版規則——

【基礎牌組列表】

1. 人物牌：12 張
2. 怪物牌：12 張
3. 基本牌：4 張
4. 特殊物件牌：4 張

附件：單冊附贈 8 張卡牌

【遊戲目的】

遊戲開始前，玩家需將自己的人物牌暗置，遊戲進行當中，當一名角色明置人物牌確定勢力時，該勢力的角色超過了總遊戲人數的一半，則視他為「黑暗潛行者」，若之後仍然有該勢力的角色明置武將牌，均視為「黑暗潛行者」。「黑暗潛行者」為單獨的一種勢力，與怪物大師管理協會和食尾蛇組織的兩大勢力均不同。他(們)需要殺死另外兩大勢力，才能成為勝利者。

當以下任意一種情況發生，遊戲立即結束：

兩大勢力鬥爭時，一方勢力死亡，則另一方獲勝。出現第三方勢力之後，則需另外兩方勢力全部死亡，剩下的第三方才算獲勝。

【遊戲規則】

1. 將人物牌洗混，玩家抽取一張人物牌，並將人物牌背面朝上放置（即暗置）。處於暗置狀態下的人物牌均視為 4 點血量值，其組合技能和個人鎖定技均不能發動，明置之後，才可發動，血量存儲也恢復到牌面顯示的值，已扣掉的血量不可恢復。
2. 將怪物牌洗混，玩家抽取一張怪物牌，確定自己所擁有的怪物。
將怪物牌置於暗置的人物牌的上面，露出當前的血量值。（扣減血量時，將怪物牌右移擋住被扣減的血量值。）
3. 將基本牌、元素晶石牌、特殊物件牌等洗混，作為牌堆放到桌上，玩家各摸 4 張牌作為起始手牌。
4. 遊戲進行，由年齡最小的玩家作為起始玩家，按逆時針方向以回合的方式進行。暗置的人物牌只有兩個時機可以選擇明置：
◆回合開始時。
◆瀕臨死亡時。
5. 確定先出牌的玩家從牌堆頂摸 2 張牌，使用 0 到任意張牌，加強自己的怪物或者攻擊他人的怪物。但必須遵守以下兩條規則：
◆ 每個出牌階段僅限使用一次【攻擊】。
◆任何一個玩家面前的特殊物件區裏只能放一張特殊物件牌。
每使用 1 張牌，即執行該牌上的屬性提示，詳見牌上的說明。遊戲牌使用過後均需放入棄牌堆。
6. 在出牌階段，不想出或沒法出牌時，就進入棄牌階段。此時檢查玩家的手牌數是否超過當前的人物血量值（手牌上限等於當前的人物血量值），超過的手牌數需要放入棄牌堆。

GAME START 成為『怪物大師』就要憑實力！
來場精彩的雙人對戰吧！洗牌開始！

「怪物對戰牌」暗戰版使用說明書

Monster Warcraft

基本資訊：單冊附贈 8 張卡牌。為 1 — 12 部怪物對戰卡牌集的擴充包。
遊戲人數：2 人以上　遊戲時間：5 — 20 分鐘

—— 「怪物對戰牌」暗戰版規則 ——

7. 回合結束，下一位玩家摸牌繼續進行遊戲。
8. 判定的解釋：摸牌階段時，對要進行判定的牌需要進行判定，翻開牌堆上的第一張牌，由這張牌的顏色來決定判定牌是否生效。
9. 怪物牌翻面的解釋：在輪到玩家的回合開始前，若是你的怪物牌處於背面朝上放置的狀態，請把它翻回正面，然後你必須跳過此回合。
10. 若遊戲未分出勝負，但牌堆的牌已經摸完，則重新將棄牌堆的牌洗混後，作為牌堆繼續使用。當所有場景牌用完之後，需要重新洗一遍場景牌，建立新的場景牌堆。

【怪物卡牌一覽表】

怪物名稱	卡版	屬性等級	獲得方式
大聖王（十影王版）	閃鑽卡	S 級	再版附贈
風隱	閃鑽卡	A 級	再版附贈
泰坦巨人（覺醒版）	閃鑽卡	S 級	再版附贈
巴巴里金獅（家族守護版）	閃鑽卡	A 級	再版附贈
四不像	普通卡	D 級	隨書附贈
水精靈	普通卡	D 級	隨書附贈
藤條妖妖	普通卡	D 級	隨書附贈
巴巴里金獅	普通卡	C 級	隨書附贈
金剛狼	普通卡	B 級	隨書附贈
一尾狐蝠	普通卡	B 級	隨書附贈
魔靈獸	普通卡	A 級	隨書附贈
泰坦巨人	普通卡	S 級	隨書附贈
蒼赤虎（影子版）	普通卡	C 級	隨書附贈
花芽獸（影子版）	普通卡	C 級	隨書附贈
龍膽（影子版）	普通卡	B 級	隨書附贈
露姬兔（影子版）	普通卡	D 級	隨書附贈
大聖王	普通卡	B 級	隨書附贈
九尾狐	普通卡	D 級	隨書附贈
騎士甲蟲	普通卡	D 級	隨書附贈
惡魔酷丁	普通卡	D 級	隨書附贈
塞隆鼠	普通卡	B 級	隨書附贈
帝王鴉	普通卡	A 級	隨書附贈
帕米魯格	普通卡	A 級	隨書附贈
般若鬼王	普通卡	A 級	隨書附贈
水精靈（升級版）	普通卡	B 級	隨書附贈
大紅武章	普通卡	B 級	隨書附贈
克林姆林	普通卡	A 級	隨書附贈
鎖鏈魔神	普通卡	A 級	隨書附贈

怪物名稱	卡版	屬性等級	獲得方式
藤條妖妖（升級版）	普通卡	B 級	隨書附贈
地獄犬	普通卡	B 級	隨書附贈
幻影魁偶	普通卡	A 級	隨書附贈
饕餮	普通卡	?級	隨書附贈
幻影冥狐	普通卡	A 級	隨書附贈
庫嚕嚕	普通卡	B 級	隨書附贈
梅菲斯特	普通卡	B 級	隨書附贈
金牛座普	通卡	A 級	隨書附贈

GAME START 成為『怪物大師』就要憑實力！
來場精彩的雙人對戰吧！洗牌開始！

Note 無天良爆笑時間

編輯部特別獻禮『怪物大師』中鮮為人知的小番外小趣味！
爆笑登場！

「怪物大師」四格漫畫小劇場

Comic Theater

Comic：李仲宇／Story：黃怡崢

「怪物大師」四格漫畫小劇場

Comic Theater

編輯部特別獻禮『怪物大師』中鮮為人知的小番外小趣味！爆笑登場！

Comic：李仲宇／Story：黃怡崢

MONSTER MASTER
Especially written for kids aged 9-14

特別企劃・第六期偵查報告

【這裏，沒有祕密】

讀者來信問題大盤點，全面解析怪物大師的世界。

Q1. 布布路的棺材裏除了四不像，還有好多奶油蛋糕之類的，當布布路翻山過海的時候，四不像和那些蛋糕、水果之類的，是怎麼在棺材裏相處的？

答：四不像當然是在吃吃吃，或者抱着那些蛋糕、水果之類的睡大覺吧！要知道，四不像可是很護食的哦！

Q2. 雷叔可以給精英隊多增加些戲分嗎？我超級喜歡阿不思！

答：看完「怪物大師」第十四部了吧？雷叔安排精英隊三人組再次和吊車尾小隊合作，在威爾榭基地並肩戰鬥了一場，希望讀者看得過癮！

Q3. 食尾蛇組織的四天王平時會不會聚在一起，然後各自不服氣對方的實力，結果打起來了？

答：打架應該不會，他們好歹也算同一個組織的人，要打也是打麻將、打牌之類的吧！

Q4. 帝奇帶那麼多暗器進沙魯，在門口掃描的時候怎麼沒被發現？

答：因為通過獅眼的檢視判定帝奇身上的暗器根本算不上危險物品，想一想，作為武器大國的沙魯會在意他身上那些小小的鐵器嗎？何況，領主應該通過獅眼監視器看到了帝奇是多可薩一行人中的成員，知道他們是代表怪物大師管理協會，領主絕對不會想和管理協會起正面衝突，自然也不會讓帝奇命喪鍘刀門下。

Q5. 為甚麼就算知道黃泉是壞人，我還是那麼喜歡他？我算是黃泉的腦殘粉嗎？

答：來信中表示喜歡黃泉的讀者並不少，相信看了「怪物大師」第十四部之後，大家應該對黃泉有了更深刻的認識。

Q6. 阿不思的身體裏到底藏着甚麼祕密啊？

答：雷叔在書中留下很多謎團，阿不思身體中的祕密也算是謎團之一，要解開這個謎團就請繼續關注「怪物大師」後續的故事吧！

尊敬的讀者：你已融入怪物大師的世界，請用心去聆聽同伴們的心聲，感受他們的夢想和未來吧。

MONSTER MASTER

【默契度鑒定結果】

❶ 80—100 分：黃金搭檔，心靈相通

你對布布路他們非常瞭解，也非常重視，只要一個眼神，你就能知道他們心中的想法。他們說的每一句話，你都會牢記於心。你是他們最堅強的後盾，你們會是一輩子的好朋友。

❷ 60—80 分：關係和諧，意見相合

你和布布路他們相處了挺長一段時間，彼此關係融洽，你一直很積極地關注着他們，對他們有種惺惺相惜的感覺。只要你的價值觀和他們還保持一致，你們在未來就一定能一起走得更長遠、更快樂。

❸ 40—60 分：平平順順，仍有距離

只要有時間，你就會去找布布路他們，聽聽他們最近的冒險經歷，關心他們正面臨的困境，希望他們能順利解決一切問題，勇敢地成長起來。即便你們沒有時時刻刻在一起，但同伴的關係是不會變的。

❹ 40 分以下：初相識，尚不熟悉

你覺得布布路他們是挺亮眼的一羣人，對他們產生了一定的興趣，正努力向他們靠近，想要成為他們的同伴。而他們也毫無保留地展示着自己，希望你快點接受他們成為同伴。

怪物大师 人设 1.0
CREATED BY LEON IMAGE
monster master
赛琳娜
布布路
棺材上缠锁链
帝奇
饺子
背面

Staff
製作團隊

【總策劃】 宋巍巍 Vivison

■執行 趙 婷 Mimic

■文字 黃怡崢 Miya
谷明月 Mavis

■插圖 孫 東 Sun
李仲宇 LLEe
周 婧 Qiaqia

■色彩 蔣斯珈 Seega

■灰度 李禎稜 Kuraki
葉偲遜 Yesty

■設計 丁 果 Vin

CREATED BY LEON IMAGE

Love & Dreams
MONSTER MASTER

[雷歐幻像]作品
LEON IMAGE WORKS

□ 責任編輯：郭子晴
□ 裝幀設計：高林
□ 排版：黎品先
□ 印務：劉漢舉

怪物大師
——邪惡暗影中的迷失者

□
著者
雷歐幻像

□
出版
中華教育
香港北角英皇道 499 號北角工業大廈一樓 B
電話：(852) 2137 2338 傳真：(852) 2713 8202
電子郵件：info@chunghwabook.com.hk
網址：http://www.chunghwabook.com.hk

□
發行
香港聯合書刊物流有限公司
香港新界大埔汀麗路 36 號
中華商務印刷大廈 3 字樓
電話：(852) 2150 2100 傳真：(852) 2407 3062
電子郵件：info@suplogistics.com.hk

□
印刷
美雅印刷製本有限公司
香港觀塘榮業街 6 號 海濱工業大廈 4 樓 A 室

□
版次
2017 年 8 月第 1 版
2018 年 7 月第 1 版第 2 次印刷

□
規格
32 開（210 mm × 140 mm）

□
書號
ISBN：978-988-8488-10-0

本書經由接力出版社獨家授權繁體字版
在香港和澳門地區出版發行